U0506928

沈从文
著作集

黑凤集

沈从文 著

天 地 出 版 社 | TIANDI PRESS

图书在版编目（CIP）数据

黑凤集/沈从文著.—成都：天地出版社，2021.6
（沈从文著作集）
ISBN 978-7-5455-6009-1

Ⅰ.①黑… Ⅱ.①沈… Ⅲ.①短篇小说－小说集－中
国－现代 Ⅳ.①I246.7

中国版本图书馆CIP数据核字（2020）第197910号

HEI FENG JI

黑凤集

出 品 人	杨　政	
作　　者	沈从文	
责任编辑	陈文龙	赵雪娇
校　　订	李建新	
特约审校	魏旭丽	
封面设计	徐　海	
责任印制	王学锋	

出版发行　天地出版社
　　　　　（成都市槐树街2号 邮政编码：610014）
　　　　　（北京市方庄芳群园3区3号 邮政编码：100078）
网　　址　http://www.tiandiph.com
电子邮箱　tianditg@163.com
经　　销　新华文轩出版传媒股份有限公司

印　　刷　三河市兴博印务有限公司
版　　次　2021年6月第1版
印　　次　2021年6月第1次印刷
开　　本　787mm×1092mm 1/32
印　　张　6
字　　数　88千字
定　　价　32.00元
书　　号　ISBN 978-7-5455-6009-1

沈从文和夫人张兆和、儿子沈虎雏，
一九五四年在北京

校订说明

　　沈从文，原名沈岳焕，笔名休芸芸、甲辰、上官碧等。中国现代著名作家、文物研究专家。一九〇二年十二月二十八日出生于湖南凤凰县。早年投身行伍。一九二三年只身到北京，投考燕京大学未中，开始文学创作。一九二四年起，陆续在《晨报副镌》《文学》《小说月报》和《现代评论》上发表作品。一九二八年以后，在上海、武汉、青岛、北京等地大学任教，同时写作不辍。全面抗日战争爆发后，到昆明西南联合大学任教，一九四六年随北京大学复员回到北平。新中国成立后，先后在中国历史博物馆和中国社会科学院历史研究所工作，主要从事中国古代文物特别是服饰史的研究，一九八一年出版《中国古代服饰研究》。一九八八年五月十日病逝于北京。

一九二六年十一月，沈从文的第一部作品集《鸭子》由北新书局出版，为"无须社丛书"之一，收戏剧九篇、小说九篇、散文七篇、诗五首。此后著述不断。陈晓维先生据《沈从文研究资料》（花城出版社一九九一年版）所载《沈从文总书目》，将一九四九年以前出版的沈从文著作分为三类：一、见于公私收藏的著作五十九种；二、未见公私收藏的存疑著作十三种；三、盗印本七种。新中国成立之前确有其书的沈从文著作，有的不止一个版本。如《湘行散记》，一九三六年三月商务印书馆初版，一九四三年十二月又由开明书店出版了作者改订本，为"沈从文著作集"之一。

从一九四一年起，沈从文花费了大量精力修订旧作，准备在桂林开明书店出版"沈从文著作集"，原计划出版三十种，实际出版十三种，包括:《春灯集》，一九四三年四月初版;《阿金》，一九四三年七月初版;《黑凤集》，一九四三年七月初版;《边城》，一九四三年九月初版;

《神巫之爱》，一九四三年九月初版；《黑夜》，一九四三年九月初版；《废邮存底》，一九四三年九月初版；《春》，一九四三年十二月初版；《月下小景》，一九四三年十二月初版；《从文自传》，一九四三年十二月初版；《湘行散记》，一九四三年十二月初版；《湘西》，一九四四年四月初版；《长河》，一九四八年八月初版。

其中《阿金》《神巫之爱》《黑夜》《春》《月下小景》未见于《沈从文研究资料》所载总书目。

"沈从文著作集"封面采用统一样式，以作者幼子沈虎雏所绘简笔画衬底，手书书名，封面右下标示"沈从文著作集之一"。这十三种集子出版后，多有重印，如《边城》有一九四八年三月四版，《神巫之爱》有一九四九年一月五版，《废邮存底》有一九四九年一月五版。后时易世变，沈从文"转业"，渐渐退出文坛。一九五三年，他接到开明书店通知：旧版"沈从文著作集"内容已过时，书稿及纸型均已代为销毁。

开明版"沈从文著作集"封面标示"改订本"，均由作者亲自编选校订。一方面，选目体现了"作者眼光"；另一方面，作者所作具体的文字修订有独特价值。沈从文曾在上海生活书店初版本的《边城》上标注"全集付印时宜用开明印本"。北岳文艺版《沈从文全集》收入了"沈从文著作集"包含的全部篇目，其中《边城》《湘行散记》《湘西》《从文自传》是以开明版作为底本，《长河》《废邮存底》《神巫之爱》是以其他版本为底本。因为《沈从文全集》是以曾经出版的单行本编目，"不同选集若收有同一作品，该作品只编入全集的某一集内，其他选集仅存目备考"，所以"著作集"中的《黑凤集》《春灯集》等六本书未在全集中以原貌出现。

出于种种原因，当年"沈从文著作集"的出版计划虽未能全部实现，但作者的重要作品多已收入。或鉴于其特殊价值，一九七七年香港汇通书店曾全部翻印，未见内地出版社再版。

如上所述，再版"沈从文著作集"既增添了一种较为系统的版本，对于研究者和读者日常阅读，也有特别的意义。

一九三六年五月，沈从文选印了自己的"十年创作集"——《从文小说习作选》，由良友图书公司出版。一九三四年一月十八日，沈从文在给张兆和的信中写道：

我想印个选集了，因为我看了一下自己的文章，说句公平话，我实在是比某些时下所谓作家高一筹的。我的工作行将超越一切而上。我的作品会比这些人的作品更传得久，播得远。我没有方法拒绝。我不骄傲，可是我的选集的印行，却可以使些读者对于我作品取精摘尤得到一个印象。你已为我抄了好些篇文章，我预备选的仅照我记忆到的，有下面几篇：

柏子、丈夫、夫妇、会明（全是以乡村平凡人物为主格的，写他们最人性的一面的作品。）

龙朱、月下小景（全是以异族青年恋爱为主格，写他们生活中的一片，全篇贯串以透明的智慧，交织了诗情与画意的作品。）

都市一妇人、虎雏（以一个性格强的人物为主格，有毒的放光的人格描写。）

黑夜（写革命者的一片段生活。）

爱欲（写故事，用天方夜谭风格写成的作品。）

应当还有不少文章还可用的，但我却想至多只许选十五篇。也许我新写些，请你来选一次。我还打量作个《我为何创作》，写我如何看别人生活以及自己如何生活，如何看别人作品以及自己又如何写作品的经过。你若觉得这计划还好，就请你为我抄写《爱欲》那篇故事。这故事抄时仍然用那种绿格纸，同《柏子》差不多的。这书我估计应当有购者，同时有十万读者。

《从文小说习作选》的出版者赵家璧为此书写的广告中也说：

> 沈从文先生十年来所写的小说，单以数量计，可以说超过任何新文学的成就。这一次应良友之请，把他自己所认为最满意的作品，集成一巨册，包含十几个短篇，一部长篇，一部自传，共计四十万字。喜读从文小说的读者，都不应错过这部书。

《从文小说习作选》所收短篇小说，后分别收入"沈从文著作集"中的《春灯集》《阿金》《黑夜》《春》;《月下小景》《神巫之爱》《从文自传》作为单行本列入"著作"。加上《从文小说习作选》之外的代表作品《边城》《湘行散记》《湘西》《长河》《废邮存底》，"著作集"基本包含了沈从文的经典作品。

"沈从文著作集"中的《春灯集》《阿金》《黑凤集》《春》等短篇集，所收作品互有重复，如《春灯集》和《春》都收了小说《八骏图》，《阿金》和《黑凤集》都收了《三三》。为了再现"沈从文著作集"的原貌，经慎重考虑，不做篇目调整，一仍其旧。

《边城》等九部作品均以开明版"沈从文著作集"为底本；《阿金》《神巫之爱》《黑夜》《春》以香港汇通版为底本，参校以《从文小说习作选》一九四五年六月再版本。

本书在校订方面尽可能精审。因作者自有其文字风格，各时代均有其语言习惯，为尊重作者及历史，编者除订正个别明显讹误之处外，其余文字均依底本不做改动。

虽已尽力，本书仍可能存在各种问题，期待读者批评指谬。

李建新
二〇二〇年六月

目录

三个女性

海滨避暑地，每个黄昏都是极其迷人。

绿的杨树，绿的松树，绿的槐树，绿的银杏树。绿的山，山脚有齐平如掌的绿色草坪，绣了黄色小花同白色小花，如展开一张绿色柔软丝绒的毯子。绿的衣裙，在清风中微举的衣裙。到黄昏时，海上与地面一切皆为夕阳镀上了一层薄薄的金光，增加了一点儿温柔，一点儿媚。

一个三角形的小小白帆，镶在那块蓝玉的海面上，使人想起那是一粒杏仁，嵌在一片蜜制糕饼上。

什么地方正在吹角，或在海边小船上，或在山脚下牧畜场养羊处。声音那么轻，那么长，那么远，那么绵邈。在耳边，在心上，或在大气中，它便融解了。它像呼喊着谁，又像在答应谁的招呼。

"它在喊谁？"

"谁注意它，它就在喊谁。"

有三个人正注意到它，这是三个年纪很轻的女孩子，她们正从公园中西端白杨林穿过，在一个低低的松树林里觅取上山的路径。最前面的是个年约二十三四，高壮健全具男子型穿白色长袍的女子，名叫蒲静，其次是个年约十六，身材秀雅，穿了浅绿色教会中学制服的女子，名叫仪青，最后是个年约二十，黑脸长眉活泼快乐着紫色衣裙的女子，名叫黑凤。

三个人停顿在松树林里，听了一听角声，年纪顶小的仪青说笑话：

"它在喊我。它告我天气太好，使它忧愁！"

黑凤也说笑话：

"它给了我些东西，也带走了我一些东西。这东西却不属于物质，只是一缕不可捉摸的情绪。"

那年纪大的蒲静说：

"我只听到它说：以后再不许小孩子读诗了，许多聪明小孩读了些诗，处处就找诗境，走路也忘掉了。"

蒲静说过以后，当先走了。因为贪图快捷，她走的路便不是一条大路。那中学生是光着两只腿，不着袜子，平常又怕虫怕刺的，因此埋怨引路的一个，以为所引的路不是人走的路。

"怎么样，引路的，你把我们带到什么地方去？面前全是乱草，我已经不能再动一步了。我们只要上山，不是探险。"

前面的蒲静说：

"不碍事，我的英雄，我的诗人，这里不会有长虫，不会有刺！"

"不成不成，我不来！"

最后的黑凤，看到仪青赶不上去，有点发急了，就喊蒲静：

"前面的慢走一点，我们不是充军，不用忙！忙也没有好处的！"

蒲静说：

"快来，快来，有好处，一上来就可看到海了！"

仪青听到这话，就忘了困难跑过去，不一会，三个人都已上了山脊，从小松间望过去，已可以看到海景的一角。

那年纪顶小美丽如画的仪青，带点儿惊讶喊着：

"看，那一片海！"她仿佛第一次看到过海，把两只光裸为日光炙成棕色的手臂向空中伸去，好像要捕捉那远远的海上的一霎蔚蓝，又想抓取天畔的明霞，又想捞一把大空中的清风。

但她们还应当走过去一点，才能远望各处，蒲静先走了几步，到了一个小坑边，回过身来，一只手攀援着一株松树，一只手伸出来接引后面的两个人。

"来，我拖你，把手送给我！"

"我的手是我自己的，不送人。"

那年纪顶小的仪青，一面笑一面说，却很敏捷的跃过了小坑，在前面赶先走去了。

蒲静依然把手伸出，向后面的黑凤说：

"把手送我。"

"我的手也不送人。"

一面笑一面想蹿过小坑，面前有个低低的树枝却把她的头发抓住了，蒲静赶忙为她去解除困难。

"不要你，不要你，我自己来！"黑凤虽然那么说，蒲静却依然捧了她的头，为她把树枝去掉，做完了这件事情时，好像需要些报酬，想把黑凤那双长眉毛吻一下，黑凤不许可，便在蒲静手背上打了一下，也向前跑去了。

那时节女孩子仪青已爬到了半山一个棕色岩石上面了，岩石高了一些，因此小松树便在四围显得低了许多，眼目所及也宽绰了许多。

"你们赶快来，这里多好！"

她把她的手向空中举起，做出一个天真而且优美的姿势，招呼后面两个人。

不多久，三人就并排站定在树林中那个棕色岩石上了。

天气过不久就会要夜了。远处的海，已从深蓝敷上了一层银灰，有说不分明的温柔。山上各处小小白色房子，在浓绿中皆如带着害羞的神气。海水浴场一隅饭店的高楼，已开始了管弦乐队的合奏。一钩新月已白白的画在天空中。日头落下的那一方，半边天皆为所烧红。一片银红的光，深浅不一，仿佛正在努力向高处爬去，在那红光上面，游移着几片紫色云彩。背了落日的山，已渐渐的在一阵紫色的薄雾里消失了它固有的色彩，只剩下一种山峰的轮廓。微风从树枝间掠过时，把枝叶摇得刷刷作响。

年纪较大的蒲静说：

"小孩子，坐下来！"

当两个女孩子还在那里为海上落日红光所惊讶，只知道向空中轻轻的摇着手时，蒲静已用手作枕，躺到平平的干净石头上了。

躺下以后她又说：

"多好的床铺！睡下来，睡下来，不要辜负这一片石头，一阵风！"

因为两个女孩子不理会她，便又故意自言自语的说：

"一个人不承认在大空中躺下的妙处，她也就永远不知道天上星子同月亮的好处。"

仪青说：

"卧看牵牛织女星，坐看白云起，我们是负手眺海云，目送落日向海沈！"

"这是你的诗吗？"黑凤微笑的问着，便坐下来了，又说，"石头还热热的。"又说："诗人，坐下来，你就可以听听树枝的唱歌了。它正在唱歌！"

女孩子仪青理理她的裙子，就把手递给了先前坐下来的黑凤，且傍着她坐下。

蒲静说：

"躺下来，躺下来，你们要做诗人，想同自然更亲切一些，就去躺在这自然怀抱里，不应当菩萨样子坐定不动！"

"若躺到这微温石头上是诗人的权利，那你得让我们来躺，你无分，因为你自己不承认你作诗！"

于是蒲静自己坐起来，把两个女孩子拉过身边，只一下子就把两个人压倒了。

可是不到一会，三个人已并排躺在那棕色岩石上。

黑凤躺下去时，好像发现了什么崭新的天地，万分惊讶，把头左右转动不已。"喂，天就在我头上！天就在我头上！"她举起了手，"我抓那颗大星子，我一定要抓它下来！"

仪青也好像第一次经验到这件事，大惊小怪的嚷着，以为海是倒的，树是倒的，天同地近了不少。

蒲静说：

"你们要做诗人，自己还不能发现这些玩意儿，怎么能写得出好诗？"

仪青说：

"以后谁说'诗'谁就是傻子。"

黑凤说：

"怎么办？这里那么好！我们怎么办？是不是在傻子哑子以外还有个不太受褒贬的字眼儿？"

蒲静因为黑凤会唱歌，且爱听她唱歌，就请她随便唱点什么，以为让这点微风，这一派空气，把歌声带到顶远顶远一处，融解到一切人的心里去，融解到黄昏所占领的这个世界每一个角隅上去，不算在作一件蠢事情。并且又说只有歌能够说出大家的欢欣。

黑凤轻轻的快乐的唱了一阵子，又不接下去了。就说：

"这不是唱歌的时候。我们认识美，接近美，只有沈默才是最恰当的办法。人类的歌声，同人类的文字一样，都那么异常简单和贫乏，能唱出的，能写出的，不过是人生浮面的得失哀乐。至于我们现在这种情形下面，能够用一种声音一组文字说得分明我们所觉到的东西吗？绝对不能，绝对不能。"

蒲静说：

"要把目前一切用歌声保留下来，这当然不能够。因为这时不是我们得到了什么，也不是失掉了什么，只是忘掉了自己。不忘掉，这不行的！不过当我们灵魂或这类东西，正在融解到一霎微妙光色里时，我们得需要一支歌，因为只有它可以融解我们的灵魂！"

这不像平时蒲静的口气，显然的，空气把这个女人也弄得天真晓舌起来了。她坐了起来，见仪青只是微笑，就问仪青："小诗人，……你说你的意见，怎么样？"

她仍然微笑，好像微笑就是这年青女孩全部的意见。这女孩子平时最爱说话也最会说话，但这时只是微笑。

黑凤向蒲静说：

"你自己的意见怎么样？"

蒲静轻轻的说："我的意见是——"她并不把话继续下去，却拉过了仪青的手，放在嘴边挨了一下，且把黑凤的手捏着，紧紧的捏着，不消说，这就是她的意见了。

三个人俱会心当前沈默是必需的事，风景的美丽，友谊的微妙，皆只宜从沈默中领会，去体会。

但过了一会，仪青想谈话了，却故意问蒲静："怎么样来认识目前的一切，究竟你是什么意见？"

蒲静说：

"我不必说，左边那株松树就正在替我说！"

"说些什么？"

"它说：谁说话，谁就是傻子，谁唱歌，谁就是疯子，谁问，谁就是又傻又疯的……"

仪青说：

"你又骂人！黑凤，她骂你！捏她，不能饶她！"

黑凤说：

"她不骂我！"

"你们是一帮人。可是不怕你们成帮，我问你，诗人是怎么样发生的呢？"

因为黑凤并不为仪青对付蒲静，仪青便撅了一下小嘴，轻轻的说。

蒲静说：

"仪青你要明白么？诗人是先就自己承认自己是个傻子，所以来复述树枝同一切自然所说无声音的话语，到后就成为诗人的。"

"他怎么样复述呢？"

"他因为自己以为明白天地间许多秘密，即或在事实上他明白的并不比平常人多，但他却不厌烦琐的，天真烂漫来复述那些秘密，譬如，树杪木末在黄昏里所作的低诉，露水藏在草间的羞怯，流星的旅行，花的微笑，他自信懂得那么多别人所不懂的事情，他有那分权利，也正有那分义务，就来作诗了。"

"可是，诗人处处像傻子，尤其是在他解释一切，说明一切，形容一切时，所用的空字眼儿，所说的空话，不是傻子谁能够那么做。不过若无这些诗人来写诗，这世界还成什么世界？"

"眼前我们就并不需要一个诗人，也并不需要诗。"

"以后呢？假如以后我们要告给别一个人，告给一百年一千年后的人，怎么样？"

蒲静回答说：

"照我说来若告给了他们，他们只知道去读我们的诗，反而不知道领会认识当前的东西了。美原来就是不固定的，无处不存在的，诗人少些，人类一定也更能认识美接近美些。诗人并不增加聪明人的知慧，只不过使平常人仿佛聪明些罢了。让平常人都去附庸风雅，商人赏花也得吟诗填词，军人也只想磨盾题诗，全是过去一般诗人的罪过。"

仪青说：

"我们不说罪过，我们只问一个好诗人是不是也有时能够有这种本领，把一切现象用一组文字保留下来，虽然保留下来的不一定同当时情景完全相同，却的的确确能保留一些东西。我还相信，一个真的诗人，他当真会看到听到许多古怪东西！"

蒲静微笑把头点着，"是的，看到了许多，听到了许多。用不着诗人，就是我，这时也听到些古怪声音！"

黑凤许久不说话，把先前一时在路上采来的紫色野花，捏碎后撒满了仪青一身，轻轻的说："借花献佛。真是个舌底翻莲的如来佛！"

仪青照例一同蒲静谈论什么时，总显得又热情又兴奋，黑凤的行为却妨碍不了她那问题的讨论。她问蒲静：

"你听到些什么？"

蒲静把散在石上的花朵捧了一手撒向小女孩子仪青

头上去。

"我现在正听到那株松树同那几棵高高的槐树在讨论一件事情，她说：'你们看，这三个人一定是城里人，一定是几个读书人，日光下的事情知道得那么少，因此见了月亮，见了星子，见了落日所烘的晚霞同一汪盐水的大海，一根小草，一颗露珠，一朵初放的花，一片离枝的木叶，莫不大惊小怪，小气处同俗气处真使人难受！'"

"假如树木全有知觉，这感想也并不出奇！"

"她们并没有人所谓知觉，但对于自然的见识，所阅历的可太多了。她们一切见得多，所以她们就从不会再有什么惊讶，比人的确稳重世故多了。"

仪青说："我们也并不惊讶！"

蒲静说："但我们得老老实实承认，我们都有点儿傻，我们一到了好光景下面，就不能不傻，这应当是一种事实。不只树木类从不讨论这些，就是其余若干在社会中为社会活着的人，也不会来作这种讨论！"

"这是不是宣传社会主义的地方，因为你说你懂松树的话，难道你就不担心松树也懂你的话吗？你不怕'告密'吗？"

因为仪青在石上快乐的打着滚，把石罅小草也揉坏了，黑凤就学蒲静的神气，调弄仪青：

　　"我听到身边小草在埋怨：那里来那么多横蛮不讲道理的人，我们不惹她，也来折磨我们！只有诗人是这样子，难道蹂躏我的是个候补诗人吗？"

　　"再说我揍你，"仪青把手向黑凤扬起，"我盼望××先生再慢来些，三天信也不来。"

　　××是黑凤的未婚夫，说到这里，两人便笑着各用手捞抓了一阵。因为带球形的野花宜于穿成颈圈，仪青挣脱身，走下石壁采取野草去了。

　　到后蒲静却正正经经的同黑凤说：

　　"我想起了一件事情，我想起一本书。××先生往年还只能在海滨远远的听那个凤子姑娘说话，我们现在却居然同你那么玩着闹着了。我问你，那时节在沙上的你同现在的你，感想有甚么不同处没有？"

　　黑凤把蒲静的手拉到自己头上去轻轻的说，"这就不同！"她把蒲静的手掌摊开覆着自己眼睛。"两年前也是那么夏天，我在这黄昏天气下，只希望有那么一只温柔的手把我的脸捂着，且希望有一个人正想念着我，如今脸上已有了那么一只手，且还有许多人想着我！"

蒲静轻轻的说："恐怕不是的，你应当说：从前我希望一个男人想我，现在我却正在想着一个男人！"

"蒲静，你不忠厚。你以为我……他今天还来了两个信！"

"来信了吗？我们以为还不来信！梦珂××的事情怎么样了？"

"毫无结果。他很困难，各处皆不接头，各处全不知道梦珂被捕究竟在什么地方。他还要我向学校请假四天，一时不能回来！"

"恐怕完事了，他们全是那么样子办去。某一方面既养了一群小鬼，自然就得有一个地狱来安置这些小鬼的。"

黑凤大约想起她两年前在沙上的旧事，且想起行将结婚的未婚夫，因事在上海南京冒暑各处走动的情形，便沈默了。

蒲静把手轻柔的摸着黑凤的脸颊，会心的笑着。

仪青把穿花串的细草采回来了，快乐而兴奋，爬上了岩石，一面拣选石上的花朵，一面只是笑。

黑凤说：

"仪青，再来辩论一会，你意思要诗，蒲静意思不要诗，你要诗的意思，不过是以为诗可以述说一切，记录一切。但我看你那么美丽，你笑时尤其美，什么文字写成的诗，可以把你这笑容记下？"

仪青说："用文字写成的诗若不济事时，用一串声音组成的一支歌，用一片颜色描就的一幅画，总作得到。"

蒲静说："可是我们能画么？我们当前的既不能画，另一时离远的还会画什么？"

黑凤向蒲静说：

"你以为怎么样合宜？你若说沈默，那你不必说，因为沈默只能认识，并不能保存我们的记录。"

蒲静说：

"我以为只有记忆能保存一切。一件任何东西的印象，刻在心上比保存在曲谱上或画布上总完美些，高明些。……"

仪青抢着说道：

"这是自然的事。不过这世界上有多少人的心能够保存美的印象？多数人的记忆，都耗在生活琐事上和职务上去，多数人只能记忆一本日用账目，或一堆上司下属的脸子，多数人各在例行公事同例行习惯上注意，打发了每个日子，多数人并不宜于记忆！天空纵成天挂着美丽的虹，能抬起头来看看的固不乏其人，但永远低着个头在工作上注意的一定更多。设若想把自然与人生的种种完美姿式，普遍刻印于一切人心中去，不依靠这些用文字同声音，颜色，体积，所作的东西，还有别的办法？没有的，没有的！"

"那么说来，艺术不又是为这些俗人愚蠢人而作的了么？"

"决不是为庸俗的人与愚蠢的人而产生艺术，事实上都是安慰那些忙碌到只知竞争生活却无法明白生活意味的人而需要艺术。我们既然承认艺术是自然与人生完美形式的模仿品，上面就包含了道德的美在内，把这东西给愚蠢庸俗的人，虽有一时将使这世界上多了些伪艺术作品与伪艺术家，但它的好处仍然可以胜过坏处。"

蒲静说：

"仪青小孩子，我争不赢你，我只希望你成个诗人，让上帝折磨你。"说后又轻轻的说："明年，后年，你会同凤子一样的把自己变成一句诗，尽选字儿押韵，总押不妥贴，你方知道……"

晚风大了些，把左边同岩石相靠的树枝叶扫着石面，黑凤因为蒲静话中说到了她，她便说："这是树的嘲笑，"且说："仪青你让蒲静一点。你看，天那边一片绿云多美！且想想，我们若邀个朋友来，邀个从来不曾到过这里的人，忽然一下把她从天空摔到这地面，让她为身边一切发呆，你想怎么样？！"

她学了蒲静的语气说："那槐树将说……"

"不要槐树的意见，要你的意见。"

仪青业已坐起来了些时节，昂起头，便发现了天上一角的两粒星子。

她说："我们在这里，若照树木意见说来已经够俗气了，应当来个不俗气的人，——就是说，见了这黄昏光景，能够全不在乎谈笑自若的人，只有梦珂女士好。××先生能够把她保出来，接过来，我们四个人痛痛快快玩个夏天可太好了。"

"她不俗气，当真的。她有些地方像个男子，有些地方男子还不如她！"

仪青又说：

"我希望她能来，只有她不俗气，因为我们三个人，就如蒲静，她自己以为有哲学见解反对诗，就不至于为树木所笑，其实她在那里说，她就堕入'言诠'了。"

蒲静说：

"但她一来我想她会说'这是资本主义下不道德的禽兽享乐的地方'，好像地方好一点，气候好一点，也有罪过似的。树木虽不嫌她如我们那么俗气，但另外一种气也不很雅。"

仪青说："这因为你不认识她，你见过她就不会那么说她了。她的好处就也正在这些方面可以看出。她革命，吃苦，到吴淞丝厂里去做一毛八分钱的工，回来时她看得十分自然，只不过以为既然有多少女人在那里去做，自己要明白那个情形，去做就得了。她作别的苦事危险事也一样的，总不像有些人稍稍到过什么新生活荡过一阵，就永远把那点经验眩人。她虽那么切实工作，但她如果到了这儿来，同我们在一块，她也会同我们一样，为目前事情而笑，决不会如某种俗气的革命家，一见人就只说：'不好了，帝国主义者瓜分了中国，×××是卖国贼。'她从不乱喊口号，不矜张，这才真是能够革命的人！"

黑凤因为蒲静还不见到过梦珂，故同意仪青的说明，且说：

"是的，她真会这样子。她到这儿来，我们理解她，同情她那分稀有的精神，她也能理解我们，同意我们。这才真是她的伟大处。她出名，事情又做得多，但你同她面对面时，她不压迫你。她处处像一个人，却又使你们爱她而且敬她。"

蒲静说：

"黑凤，你只看过她一面，而且那时是她过吴淞替××先生看你的！"

"是的，我见她一面，我就喜欢她了。"黑凤好像有一个过去的影子在心头掠过，有些害羞了，便轻轻的说："我爱她，真是的。革命的女子性格那么朴素，我还不见过第二个！"

仪青就笑着说：

"她说你很聪明很美！"

"我希望她说我'很有用'。"黑凤说时把仪青的手捏着。

"这应当是你自己所希望的，"蒲静说。"你给人的第一面印象实在就是美，其他德性常在第二面方能显出。我敢说 ×× 先生对于你第一面印象，也就同梦珂一样！"

黑凤带着害羞的微笑，望着天末残余的紫色，"我欢喜人对于我的印象在美丽以外。"

仪青说："我本来长得美，我就不欢喜别人说我不美。"

蒲静："美丽并不是罪过。真实的美丽原同最高的道德毫无畛域。你不过担心人家对于你的称赞，像一般所谓标致漂亮而已。你并不标致艳丽，但你却实在很美。"

"蒲静，为什么人家对于你又常说'有用'？为什么她不说我'有用'？"

蒲静回答她说：

"这应当是你自己的希望！譬如说，你以为她行为是对的，工作是可尊敬的，生活是有意义的，应当从她取法，不必须要她提到。至于美，有目共赏，……"

"得了，得了，我们这些话不会更怕树木笑人吗？"

晚风更紧张了些，全个树林如被一只看不见的手摇着，刷刷作响，三人略沈默了一会，看着海，面前的海原来已在黄昏中为一片银雾所笼罩，仿佛更近了些。海中的小山已渐渐的模模糊糊，看不出轮廓了。天空先是浅白带点微青，到现在已转成蓝色了。日落处已由银红成为深紫，几朵原作紫色的云又反而变成淡灰色，另外一处，一点残余的光，却把几片小小云彩，烘得成墨黑颜色。

树林重新响着时，仪青向蒲静说：

"古代有人识鸟语，如今有人能翻译树木语言，可谓无独有偶。只是现在它们说些什么？"

蒲静说：

"好些树林都异口同声说：'今天很有幸福，得聆一个聪明美丽候补诗人的妙论。'"

仪青明知是打趣她，还故意问：

"此后还有呢？"

"还有左边那株偃蹇潇洒的松树说：'夜了，又是一整天的日光，把我全身都晒倦了！日头回到海里休息去了，我们也得休息。这些日子月亮多好！我爱那粒星子，不知道她名字，我仍然爱她。我不欢喜灯光。我担心落雨，也讨厌降雾。我想想岩石上面那三个年青人也应当回家了，难道不知道天黑，快找不着路吗？'可是那左

22

边瘦长幽默的松树却又说：'诗人是用萤火虫照路的，不必为她们担心。'另一株树又说：'这几天还不见打了小小火炬各处飞去的夜游者！'那幽默松树又说：'不碍事，三个人都很勇敢，尤其是那个年轻的女孩子，别担心她那么美，那么娇，她还可以从悬崖上跳下去的！'别的又问：'怎么，你相信她们会那么做？'那个就答：'我本不应当相信，但从她们那份谈论神气上看来，她们一定不怕危险。'"

仪青说：

"蒲静，你翻译得很好，我相信这是忠实的翻译。你既然会翻译，也请你替我把话翻译回去，你为我告那株松树（她手指着有幽默神气的一株），你说：'我们不怕夜，这里月亮不够照路，萤火虫还不多，我们还可以折些富于油脂的松枝，从石头上取火种，燃一堆野火照路！'"

黑凤因为两个朋友皆是客人，自己是主人，想家中方面这时应当把晚饭安排妥当了，就说：

"不要这样，还是向树林说'再见'罢。松树忘了告给我们吃饭的时间，我们自己可得记着！"

几个人站了起来，仪青把穿好的花圈套到黑凤颈上去，黑凤说："诗人，你自己戴！"仪青一面从低平处跳下岩石，一面便说："诗人当他还不能把所写的诗代替花圈献给人类中最完美的典型时，他应当先把花圈来代替诗，套到那人类典型头上去！"因为她恐怕黑凤还会把花圈套回自己颈脖上来，平时虽然胆子极小，这时却忘了黑黝黝的松林中的一切可怕东西，先就跑了。

　　她们的住处在山下，去她们谈笑处约有半里路远近，几个人走回所住的小小白房子，转到山上大路边时，寂寞的山路上电灯业已放光。几个人到了家中，洗了手，吃过饭，谈了一阵，各人说好应当各自回到所住那间小房中去作自己的事情。仪青已定好把一篇法文的诗人故事译出交卷，蒲静已定好把所念的一章教育史读完，黑凤则打算写信给她的未婚夫××，询问南京情形，且告给这方面三个人的希望，以为如果梦珂想法保出来了，必无问题可言，务必邀她过海滨来休息一阵，一面可以同几个好朋友玩玩，一面也正可以避避嫌，使侦探不至于又跟她过上海不放松她。又预备写信给她的父亲，询问父亲对于她结婚的日子，看什么时节顶好。她们谈到各人应作的事情时，并且互相约定，不管有什么大事，总不许把工作耽误。

蒲静同仪青回到楼上自己卧室里去了，黑凤因为还有些事告给新来的娘姨，便独自在客厅中等待着，且装作一个名为"费家二小"的乡下女孩子说话，这乡下女孩，正是她自己所作的一篇未完成的小说上人物。

把一些事教给了娘姨以后，她就在客厅旁书房中写信。信写好后，看看桌上的小表，正十点四十分，刚想上楼去看看两个人睡了没有。门前铃子响了一阵，不见娘姨出去开门，就走去看是谁。出去时方知道是送电报的，着忙签了个字，一个人跑回书房去，把电码本子找到了，就从后面起始翻出来。电报是从南京来的，上面说"梦珂已死，余过申一行即回"。把电翻完，又看看适间所写的信。黑凤心想："这世界，有用的就是那么样子结果！"

她记起了梦珂初次过吴淞学校去看她的情形，心里极其难过，就自言自语说她"勇敢的同有用的好人照例就是这样，于是剩下些庸鄙怕事自足糊涂的……"又说："我不是小孩子，哭有什么用？"原来这女孩子眼睛已红了。

她把电报拿上楼去，站在蒲静的卧室外边，轻轻的敲着门。蒲静问："黑凤，是你吗？"她便把门推开走到蒲静身后站了一会儿，因为蒲静书读得正好，觉得既然这人又不曾见过梦珂，把这种电报扰乱这个朋友也不合理，就不将电报给蒲静看。蒲静见黑凤站在身后不说话，还以为只是怕妨碍她读书，就问黑凤："信写好了没有？"

黑凤轻轻的说："十一点了，大家睡了罢。"

心中酸酸的离了蒲静的房间，走到仪青房门前，轻轻的推开了房门，只见仪青穿了那件大红寝衣，把头伏在桌子上打盹，攀着这女孩子肩膊摇了她一下，仪青醒来时就说："不要闹我，我在划船！我刚眯着，就到了海上，坐在三角形白帆边了。"等一等又说："我文章已译好了。"

"睡了罢，好好的睡了罢。我替你来摊开铺盖。"

"我自己来，我自己来。你信写好了吗？"

黑凤轻轻的说："好了的。你睡了，小心招凉。我们明天见吧！"

"明天上山看日头，不要忘记！"

黑凤说："不会忘记。"

因为仪青说即刻还要去梦中驾驶那小白帆船，故黑凤依然把那电报捏在手心里，吻了一下仪青美丽的额角，就同她离开了。

她从仪青房中出来时，坐在楼梯边好一会。她努力想自己弄得强硬结实一点，不许自己悲哀。她想："一切都是平常，一切都很当然的。有些人为每个目前的日子而生活，又有些人为一种理想日子而生活。为一个远远的理想，去在各种折磨里打发他的日子的，为理想而死，这不是很自然么？倒下的，死了，僵了，腐烂了，便在那条路上，填补一些新来的更年青更结实的家伙，便这样下去，世界上的地图不是就变换了颜色么？她现在好像完了，但全部的事并不完结。她自己不能活时，便应当活在一切人的记忆中。她不死的。"

她自己的确并不哭泣。她知道一到了明天早上，仪青会先告她梦里驾驶小船的经验，以及那点任意所为的快乐，但她却将告给仪青这个电报的内容，给仪青早上一分重重的悲戚！她记起仪青那个花圈了，赶忙到食堂里把它找得，挂到书房中梦珂送她的一张半身相上去。

廿二年¹六月青岛（登在新社会半月刊第五卷三号至六号）

卅年²一月十四在昆明重校

卅一年³五月十一在昆明重校

1　廿二年，即一九三三年 。——编者注

2　卅年，即一九四一年。——编者注

3　卅一年，即一九四二年。——编者注

贤贤

贤贤在山东大学女生中，年纪大致是顶小的一个。身体纤秀异常，脸庞小小的，白白的，圆圆的，似乎极宜于时时刻刻向人很和气的微笑。女同学中见到这女孩子样子很美，面貌带有一点稚气，自然不免看得轻而易与。但因为另外一种原因，谁也不会有意使这女孩子下不去。

她住在第七号女生宿舍。当同房间三铺小铁床上，一大堆衣被下面，三个同学还各个张着大嘴打鼾时，贤贤很早的一个人就起身，把一切通通整理好了。那时她正拿了牙刷同手巾从盥洗间走回房里去，就见到新换来替工的那个小脚妇人，把扫帚搁到同学书桌上，却使用自己桌上那把梳子，对准墙边架上一面铜边大镜，歪了一个大头，调理她的头发。贤贤走进房后，这不自弃的爱好的山东乡下妇人，才忙着放下梳子，抓了扫帚，很用力的打扫脚下的地板，似乎表明她对于职务毫不苟且，一定得极力把灰尘扬起，又才能证明打扫的成绩。

贤贤一面匆匆忙忙的，用小刷子刷理那为妇人私下用过的梳子，一面就轻轻的说："娘姨，请你洒一点水再扫：轻一点，莫惊吵她们先生！"

这妇人好像一点不明白这些话的意义，又好像因为说话的是贤贤，就不应当认真，又好像记起自己的头发，也应得学小姐们的办法处治一下，才合道理，听到贤贤说话时，就只张开嘴唇，痴痴的望着这女孩子乌青的头发，同一堆头发下那张小小白脸出神。过一会，望见女孩子拉开了抽屉，把梳子收藏到一个小盒子里去后，再才记起了扫地的事，方赶忙把扫帚塞到一个女生床铺下，乱捞了两下，那么一来无意中就碰倒了一个瓶子之类，那空瓶子在地板上滚着，发出很大的声音，这妇人便显得十分忙乱，不知所措，把一个女生的皮鞋，拿在手上，用手掌抹了一下鞋尖同鞋底灰尘，又胡乱放到同学被盖上去。且面对贤贤，用一种下贱的丑像，略微伸了一下舌头。

贤贤一面望着，一面微笑，轻轻的喊着："娘姨！"

另外一个在床铺上把床铺压得轧轧有声的女生，为床铺下的空瓶子声音闹醒了，半朦胧的说："不要打扫罢，娘姨，你简直是用扫帚同地板打仗呀！"

另一床铺上另一女生，也在半朦胧中，听到这句话，且似乎感觉到呼吸中有些比空气较粗杂的灰尘了，便轻轻的哼了一声，也把床铺压得轧轧发响，用被头蒙着脑袋，翻了一个身，朝墙壁一面睡去了。

贤贤望到这种情形，又望到几个同学床铺上杂乱的衣服，笑了一笑，忽然忙忙取了一本书，同小獐鹿一样，轻捷的，活泼的，出了那宿舍的房门，跑下楼梯到外边去了。

到了外边时，贤贤心想："这早上空气，多香多甜！"她记起了什么书上形容到的句子，"空气如香槟酒"，就觉得十分好笑。"时间还不过六点半钟，离八点上课，整整的有一点半。空气这样好，只顾看书不顾看一切，那倒真是书呆子了。时间多着哪，与其坐到石堆上读书，还不如爬到山顶上去，看看海里那一汪咸水，同各处依傍山脚新近建筑完工的大小红瓦房子，这时是什么古怪景象，什么希奇颜色罢。"

她于是过了大坪，向山脚那条路上走去。走过了大坪，绕过了那行将建筑新房子炸出的石堆，再过去一点，却看到那边有个女同学，正坐在石头上读书。贤贤不欲打搅别人，心里打量：不凑巧，碰到这边来乱了别人，就赶忙退回，从另外一处上山的路走去。刚爬到山顶，在那大松树下站定，微微的喘着气，望着那一片浅蓝桃灰的大海，如一片融化的光辉煜煜的宝石颜色，带了惊讶的欢喜，只听到背后有人赶来的脚步声音，同喘息声音。

贤贤回头一看，先前那个女同学的红帽儿，就在白色的枯草后出现了。

"密司贤贤，你早！我看见你上来，怎么不喊我！"

"密司竹子，你真早！我见你在山下念书，不好意思惊动你。"贤贤说着，稍稍有点腼腆意思，因为她和这个同学并不单独谈过玩过，这同学还是刚从上海转学来此不久的。

红帽子说："我见你上来了，我才敢上来。"

贤贤心想："难道这种地方也有老虎咬人吗？或者是……？"

日头已从海里浮出来了一会儿，这时又钻进一片浅咖啡色的云层里去了，天上细云皆如薄红的桃花，四山皆成为银红色，近处的海也包围在一层银灰色带一点儿红色的雾里。远远的不知什么地方，有石匠在打石头，敲打得很有秩序。山下的房子都仿佛比平时小了许多，疏疏的，静静的，如排列无数玩具。两个人于是就坐到那松树下，为当前一切出神。

那红帽子女生，傍近贤贤立着，过了一会，便说道：

"密司贤贤，你戴我这顶红帽子，一定更美丽一点，试戴戴看罢。"

贤贤正望到红屋，用小孩子天真的也有点儿顽皮的联想，估计把这同学放到远处一点去，一定也像一个屋顶。忽听同学说要她戴戴红帽子，自己作屋顶倒不曾打量到，就望红帽子同学笑着，一时说不出话来，只是摇头。

红帽子同学，以为贤贤欢喜这顶帽子了，就把那顶帽子从头上摘下来，要亲自为贤贤戴一下，试试大小合不合。她的本意也许倒只在向贤贤表示一点好感。

贤贤说："我不戴这个。戴到头上去，人家在那边山上望我们，会以为是一栋小房子。一定说：怎么，学校在什么时候，谁出得主意，盖了那么一座难看的亭子？"

红帽子同学一面笑着一面还是劝着，贤贤无办法了，就老老实实说："密司竹子，我不欢喜你这顶帽子！"那同学，听到这坦白的话，俨然受了小小侮辱，抓起帽子回过头去，望了好一会后边的山景。

过了一会，红帽子忽然又同贤贤说：

"密司贤贤，有个故事很有趣，我听人说……"

贤贤一面看到海，从薄雾所笼罩的海面上点数小船，一面问："是甚么故事？"

"是个很有趣味的故事！"

"故事当然有趣，从谁听来的？"说着，心中却数着"第十九"。

红帽子停了一下，想想如何叙述这个故事。过后才说："这故事是我从光华听来的。有一个出名的——或者说做小说出名的人，爱了一个女人。"

贤贤正望到海面一点白帆，想着某一次同她哥哥在海边沙里散步，哥哥告她中国旧诗里，提到海上白帆的诗句，十分融和，觉得快乐，故显出欢喜的样子。又正想到这个礼拜盼望天气莫生变化，莫刮风，好同哥哥到海边去晒太阳读书或划小船趁潮玩。

那红帽子同学，以为贤贤专心在听她说故事，就装着为说故事而说故事的神气，先用手抓了一下面前的空气，"呀，这空气多美，我说，你听我说罢。好像是有那么一个人，一个小说家，爱了一个女人，这女人是谁？……是学生啦。"说了望到贤贤，看贤贤神气上这同学以为贤贤正在问"那结果？说下去罢。"于是她就又说："自然要说下去的。这出名的人很好笑，做小说很出名，爱女人很傻气，他为女人写了三年信，说了多少可笑的话！（到这里时又好像答复贤贤一句问话似的），自然有话说呀，譬如……一个小说家自然要多少空话有多少空话！可是女人怎样？照我想来女人是不会爱他的！为甚么女人不爱他？这谁知道。总而言之，女人都不爱这种人，这不是女人的过错。谁能说这是女人的过错，知道的人多哪。他爱了这女人不算数，把聪明话说完后还说傻话：他将等十年。为甚么等，等些什么，女人也不清楚。理想主义者，可不儿戏！可是这等是什么意思？等等就嫁他吗？谁知道是一种什么打算。他说的等候十年，这原是小说上的事情，这个人不做小说了，自己就来作小说上的人物。还有可笑的，……"

这时天空已不同了，薄薄的云已向天之四垂散去，天中心一抹深蓝，四周较浅较白，有一群雁鹅在高空中排成一条细细的线，缓缓的移动，慢慢的拉直又慢慢的扭曲。贤贤已默数了这东西许久，忽然得意的低低的嚷着笑着："密司竹子，密司竹子，你看那一条线，一共七十九只！"

红帽子朝向贤贤手所指点处望去，便也看到了天上有些东西，却无从证明贤贤所说出的数目。看了一会，那同学说："贤贤你会做诗吗？"

贤贤听到这一问，就嗤的笑了。"我应当生活到一切可爱的生活里，还不适宜于关上房门，装成很忧愁很严肃的神气，写什么诗！"

过一下，贤贤又说："密司竹子，你说的故事怎么了？我没有听到！"

"你不听到，我再说一篇罢。"

这时雁鹅已入云中了，海上的白帆也隐了，贤贤就说："有好故事怎么不说？我就欢喜听人说那些高尚动人的故事。"

红帽子说："我说那个小说家爱女人，爱了三年不算傻，还要傻等十年，不知等些什么，你是到过南京北京的，不知你听说这个故事没有？"

贤贤这次可注意听到了，心中希奇得很，"我不明白你说什么！"

于是红帽子又把那故事详详细细叙了一次。一面说，一面装作完全不知所说起的就是贤贤哥哥的事情那种神情，一面又偷偷的注意到天真烂漫的贤贤，看贤贤究竟知不知道这会事，若明白了，又应当如何说，如何受窘。

贤贤说："那男子你知道是谁呢？"

红帽子说："谁知道？这不过是一个故事，只知道是小说家罢了。"

"那女子呢？"

"大概姓张罢，不是姓张就是姓李，我似乎听人家那么说过。"

"名字呢？"

红帽子望到贤贤不作声，等一会儿才说："我不清楚。"

"在什么地方念书？是光华吗？"

"在……不，不，在光华。不，不，我是从交大听来的。不，不，应当发生在别一处。"还想说点别的话支吾，又不好说，这红帽子便从贤贤眼色上搜寻了一会，估计这件事如何完结。显然的，在这人语气上稍稍有了点狼狈。她已经愿意另外谈一个题目了。她接着说："天气真好！"说了便轻轻的叹了一口气，仍然同先前一样，伸手抓了一把空气，仿佛空气里有什么东西可捕捉似的。

贤贤说："密司竹子，你的故事从谁人听来的？"

"从旁人听来的，不是同学，是老同学。"

"你同我说这故事是什么意思？也告我一下。"

"没有什么意思，没有的，并没有的，……"

贤贤很坦白的说："这是我哥哥的故事，我不愿意人家把哥哥当傻子，因为他的行为很坦白诚实。不应当被人看成傻子的！假若他爱一个人，爱人难道是罪过吗？"

红帽子不知如何说下去了，从贤贤眼睛里，红帽子望出她自己的傻处，十分害羞，本应在这小女孩子面前开心，反而被贤贤很坦白的样子所窘了，红帽子于是脸红红的站起身来，一句话不说就向山下跑了。

见到红帽子跑去时，贤贤心想："这人很古怪，为什么今天把哥哥事同我来说，看看不得好结果了，为甚么就跑了。"她不过觉得这人古怪罢了，事情即刻也就忘掉了，因为她的年龄同性情，还不许她在这些不易索解的人事上多所追究。

第一堂下课时，红帽子在甬道上见到了贤贤，脸即刻又绯红起来，着忙退回到那空课堂来。贤贤觉得奇异，走近门边去张望了一下，果然是红帽子，一个人坐在角隅里，低了头看手上抄本，像在默诵一样。

贤贤完全不明白人家是有意避她的，就走进去，"密司竹子，怎么不下楼去，你躲谁？为甚么事情不理我了？"

红帽子头抬起来，害羞的笑着："我下一堂还有课！"

贤贤毫不疑心这是一句谎话，自己就走了。

廿年¹三月廿七日在青岛写

卅一年五月在昆明改。

1　廿年，即一九三一年 。——编者注

静

春天日子极长。长长的白日，一个小城中，老年人不向太阳取暖就是打瞌睡，少年人无事可作，皆在晒楼或空坪里放风筝。天上白白的日头慢慢的移，云影慢慢的移，什么人家的风筝脱线了，各处便都有人仰了头搜索天空，小孩子大声乱嚷，手脚齐动，盼望到这无主风筝线头，落在自己家中的天井里，缠挂在屋角墙头晒衣杈桩上。

女孩子岳珉年纪约十四岁左右，有一张营养不良的小小白脸，穿着新上身不久长可齐膝的蓝布袍子，正在后楼顶晒台上，望到一个从城里不知谁处飘来的脱线风等，在头上高空里斜斜的溜过去，眼看到那线脚曳在屋瓦上，隔壁人家晒台间，有一个胖胖的妇人，正在用晾衣竹竿乱捞。身后楼梯有小小声音，一个男小孩子，手脚齐用的爬着楼梯，不久一会，小小的头颅就在楼口边出现了。小孩子怯怯的，贼一样的，转动两个活泼伶俐的眼睛，不即上来，轻轻的喊女孩子，

"小姨，小姨，婆婆睡了，我上来一会儿好不好？"

女孩子听到声音，忙回过头去。望到小孩子就轻轻的骂着，"北生，你该打，怎么又上来？等会儿你姆妈就回来了，不怕骂吗？"

"小姨，我玩一会儿。你莫声，婆婆睡了！"小孩重复的说着，带点恳求神气，声音稚弱而十分柔和。

女孩子皱着眉吓了他一下，便走过去，把小孩援上晒楼了。

这晒楼原如这小城里所有平常晒楼一样，是用一些木枋条，疏疏的排列到一个木架上，且多数是上了点年纪的。上了晒楼，两人倚在朽烂发霉摇摇欲堕的栏干旁，数蓝天上的大小风筝。晒楼下面是斜斜的屋顶，屋瓦疏疏落落，有些地方经过几天春雨，都长了绿色霉苔。屋

顶接连屋顶，晒楼左右全是别人家的晒楼。有晒衣服被单的，把竹竿撑得高高的，在微风中飘飘如旗帜。晒楼前面是石头城墙，可以望到城墙上石罅里植根新发芽的葡萄藤。晒楼后面是一道小河，河水又清又软，很温柔的流着。河对面有一个大坪，绿得同一块大毡茵一样，上面还绣得有各样颜色的花朵。大坪尽头远处，可以看到好些菜园同一个红墙小庙。菜园篱笆旁的桃花，同庵堂里几株桃花，正开得十分热闹。

日头十分温暖，景象极其沈静，两个人一句话不说，望了一会天上，又望了一会河水。河水不像早晚那么绿，有些地方似乎是蓝色，有些地方又为日光照成一片银色。对岸那块大坪，有几处种得有油菜，菜花黄澄澄的如金子。另外草地上，有从城里染坊中人晒得许多白布，长长的卧着，用大石块压定两端。坪里也有三个人坐在大石头上放风筝，其中一个小孩，口含一个芦管唢哪，吹着各样送亲嫁女的调子。另外还有三匹白马，两匹黄马，没有人照料，在那里吃草，从从容容，一面低头吃草一面散步。

小孩北生望到有两匹马跑了，就狂喜的喊着："小姨，小姨，你看！"小姨望了他一眼，用手指指楼下，这小孩子懂事，恐怕下面知道，赶忙把自己手掌捂到自己的嘴唇，望望小姨，摇了一摇那颗小小的头颅，意思像在说："莫说，莫说。不要让他们知道！"

两个人望到马，望到青草，望到一切，小孩子快乐得如痴，女孩子似乎想起很远的一些别的东西。

他们是逃难来的，这地方并不是家乡，也不是所要到的地方。母亲，大嫂，姊姊，姊姊的儿子北生，小丫头翠云，一群人中就只五岁大的北生是男子。胡胡涂涂坐了十四天小小篷船，船到了这里以后，应当换轮船了，一打听各处，才知道武昌城还在被围，过上海或过南京的船车，全已不能开行。到此地以后，证明了从上面听来的消息并不确实。既然不能通过，回去也不是很容易的，又花钱，又费事，还不大太平！因此照妈妈的主张，就找寻了这样一间屋子权且居住下来，打发随来的兵士过宜昌，并去信给北京同上海，等候各方面的回信。在此住下后，妈妈和嫂嫂只盼望宜昌有人来，姊姊只盼望北京的信，女孩岳珉便想到上海一切。她只希望上海先有信来，因此才好读书。若过宜昌同爸爸住，爸爸是

静

一个军部的军事代表，哥哥也是个军官，不如过上海同教书的第二哥同住。可是武昌一个月了还打不下。谁敢说定，长江河道什么时候才能通行？几个人住此已经有四十天了，每天总是要小丫头翠云作伴，跑到城门口那家本地报馆门前去看报，看了报后又赶回来，将一切报上消息，告给母亲姊姊。几人就从这些消息上，找出些可安慰的理由来，或者互相谈到晚上各人所作的好梦，从各样梦里，卜取一切不可期待的佳兆。母亲原是一个多病的人，到此一月来各处还无回信，路费剩下来的已有限得很，身体原来就很坏，加之路上又十分辛苦，自然就更坏了。女孩岳珉常常就想到："再有半个月不行，我就进党务学校去也好罢。"那时党务学校，十四岁的女孩子的确是很多的。一个上校的女儿有什么不合式？一进去不必花一个钱，六个月毕业后，派到各处去服务，还有五十块钱的月薪。这些事情，自然也是这个女孩子，从报纸上看来，保留在心里，却从不曾敢向母亲提起的。

正想到党务学校的章程，和自己未来的运数，小孩北生耳朵很聪锐，因恐怕外婆醒后知道了自己私自上楼的事，又说会掉到水沟里折断小手。这时节已听到了楼下外婆咳嗽，就牵女孩的衣角，轻声的说："小姨，你让我下去，大婆醒了！"原来这小孩子一个人爬上楼梯以后，下楼时就不知道怎么办，必需得人帮个忙，方能够到梯边去。

女孩岳珉把小孩子送下楼梯以后，看见小丫头翠云正在天井里洗衣，也下楼去蹲到盆边搓了两下，觉得没什么趣味，就说："翠云，你事忙，我为你楼上去晒衣罢。"拿了些扭干了水的湿衣，又上了晒楼。一会儿，就把衣晾好到竹竿上了。

这河中因为去桥较远，为了方便，还有一只渡船，这渡船宽宽的如一条板凳，懒懒的搁在滩上。可是路不当冲，这只渡船除了染坊中人晒布，同一些工人过河挑黄土，用得着它以外，常常半天就不见一个人过渡。守渡船的人，这时正躺在大坪中大石块上睡觉，那船在太阳下，灰白憔悴，也如十分无聊十分倦怠的样子，浮在水面上，慢慢的依随水面微风滑动。

"为什么这样清静？"女孩岳珉心里想着。这时节，对河远处却正有制船工人，用钉锤敲打船舷，发出砰砰庞庞的声音。还有卖针线飘乡的人，在对河小村镇上，摇动小鼓的声音。声音不断的在空气中荡漾，正因为这些声音，却反而使人觉得这城市更加分外寂静。

过一会，从里边有桃花树的小庵堂里，出来了一个小尼姑，戴了顶黑色僧帽，穿一件灰色僧衣，手上提了个新竹篮子，扬长的越过大坪向河边走来。这小尼姑走到河边，便停在渡船上面一点，蹲在一块石头上，慢慢的卷起衣袖，各处望一会，又望了一阵天上的风筝，才从容不迫的，从提篮里取出一大束青菜，一一的拿到面前，在流水里乱摇乱摆。因此一来，河水便发亮的滑动不止。又过一会，从城边岸上来了一个乡下妇人，在这边岸上，喊叫过渡，渡船夫上船抽了好一会篙子，才把船撑过河，把妇人渡过对岸，不知为什么事情，这船夫像吵架似的，大声的说了一些话，那妇人一句话不说就走了。跟着不久，又有三个挑空箩筐的男子，从近城这边岸上唤渡，船夫照样缓缓的撑着竹篙，这一次那三个乡下人，为了一件事，互相在船上吵着，划船的可一句话不说，一摆到了岸，就把篙子钉在沙里。不久那六只箩筐，就排成一线，消失到大坪尽头去了。

洗菜的小尼姑那时也把菜洗好了，正在用一段木杵，捣一块布或是件衣裳，捣了几下，又把它放在水中去拖摆几下，于是再提起来用力捣着。木杵声音印在城墙上，回声也一下一下的响着。这尼姑到后大约也觉得这回声很有趣了，就停顿了工作，尖锐的喊叫："四林，四林"。那边也便应着"四林，四林"。再过不久，庵堂那边也有女人锐声的喊着"四林，四林"，且说些别的话语，大约是问她事情做完了没有。原来四林就是小尼姑自己的名字！这小尼姑事做完了，水边也玩厌了，便提了篮子，故意从白布上面，横横的越过去，踏到那些空处，走回去了。

　　小尼姑走后，女孩岳珉望到河中水面上，有几片菜叶浮着，傍近渡船缓缓的动着，心里就想起刚才那小尼姑十分快乐的样子。"小尼姑这时一定在庵堂里把衣晾上竹竿了！……一定在那桃花树下为老师傅捶背！……一定一面口下念佛，一面就用手逗身旁的小猫玩！……"想起许多事都觉得十分可笑，就微笑着，也学习那小尼姑低低的喊着："四林，四林。"

　　过了一会，想起这小尼姑的快乐，想起河里的水，远处的花，天上的云，以及屋里母亲的病，这女孩子，不知不觉又有点寂寞起来。

她记起了早上喜鹊，在晒楼上叫了许久，心想每天这时候送信的都来送信，不如下去看看，是不是上海来了信。走到楼梯边，就看见小孩子北生正轻脚轻手，第二回爬上最低那一级梯子。原来那小孩子也怪寂寞。

"北生你这孩子，不听话，你娘快回来了，不要再上来了呀！"

下楼后，北生把女孩岳珉拉着，要她把头低下，耳朵俯就到他小口，细声细气的说："小姨，大婆又吐那个……"

到房里去时，看到躺在床上的母亲，静静的如一个死人，很柔弱很安静的呼吸着，又瘦又狭的脸上，为一种疲劳忧愁所笼罩。母亲像是已醒过一会儿了，一听到有人在房中走路，就睁开了眼睛。

"珉珉，你为我看看，热水瓶里的水还剩多少。"

一面为病人倒出热水调和库阿可斯，一面望到母亲日益消瘦下去的脸，同那个小小的鼻子，女孩岳珉说："妈，妈，天气好极了，晒楼上望到对河那小庵堂里桃花，今天已全开了。"

病人不说什么，只微微的笑着。想到刚才咳出的血，伸出自己那只瘦瘦的手来，摸了摸自己的额头，自言自语的说着，"我不发烧"。说了又望到女孩温柔的微笑着。那种笑是那么动人怜悯的柔弱，使女孩岳珉低低的嘘了一口气。

"你咳嗽不好一点吗？"

"好了好了，不要紧的，人不吃亏。我自己不小心，早上吃鱼，喉头稍稍有点火，不要紧的。"

这样问答着，女孩便想走过去，看看枕边那个小小痰盂。病人明白那个意思了，就说："没有什么。"又说："珉珉你站在那边莫动，我看看，这个月你又长高了！简直像个大人了！"

女孩岳珉害羞似的笑着，"我不像竹子罢，妈妈。我担心得很，十五岁就这样高，不好看。人太长高了要笑人的！"

静了一会。母亲记起什么了。

"珉珉我作了个好梦，梦到我们已经上了船，三等舱里人挤得不成个样子。一面烦心一面我就想，三五天到了地，好好歇半个月。"

其实这梦还是病人捏造的，因为记忆力乱乱的，故第二次又来说着。

女孩岳珉望到母亲同蜡做成一样的小脸，就勉强笑着，"我昨晚当真梦到大船，还梦到三毛老表来接我们，又觉得他是福禄旅馆接客的招待，送我们每一个人一本旅行指南。今早上喜鹊叫了半天，我们算算看，今天会不会有信来。"

"今天不来明天应当来了！"

"说不定他自己会来！"

"报上不是说过，十三师在宜昌要调动吗？"

"爸爸莫非已经动身了！"

"要来，应当先有电报来！"

两人故意这样乐观的这样那样说着，互相哄着对面那一个人，口上虽那么说着，女孩岳珉心里却那么想："妈妈你病怎么办？"病人自己也心里想着："这样病下去真糟。"

姊姊同嫂嫂，从城北卜课回来了，两人正在天井里悄悄的说着话。女孩岳珉便站到房门边去，装成快乐的声音："姊姊，大嫂，先前有一个风筝断了线，线头搭在

黑凤集

瓦上曳过去，隔壁那个妇人，用竹竿捞不着，打破了许多瓦，真好笑！"

姊姊说："北生你一定又同姨姨上晒楼了，不小心，把脚摔断，将来成跛子！做叫花子。"

小孩北生正蹲在翠云身边洗菜，听姆妈说起，他不敢回答，只偷偷的望到小姨笑着。

女孩岳珉一面向北生微笑，一面便走过天井，拉了姊姊往厨房那边走去，低声的说："姊姊，看样子，妈又吐了！"

姊姊说："怎么办？北京应当来信了！"

"你们抽的签？"

姊姊一面取那签上的字条给女孩，一面向蹲在地下的北生招手，小孩走过身边来，把两只手围抱着他母亲，"娘，娘，大婆又咯咯的吐了，她收到枕头下！"

姊姊说："北生我告你，不许到婆婆房里去闹，知道么？"

小孩很懂事的说："我知道。"又说："娘，娘，对河桃花全开了，你让小姨带我上晒楼玩一会儿，我不吵闹。"

姊姊装成生气的样子，"不许上去，落了多久雨，上面滑得很!"又说:"到你小房里玩去,你上楼,大婆要骂小姨!"

这小孩走过小姨身边去,捏了一下小姨的手,乖乖的到他自己小卧房去了。

那时翠云丫头已经把衣搓好了,且用清水荡过了,女孩岳珉便为扭衣裳的水,一面作事一面说:"翠云,我们以后到河里去洗衣,可方便多了!过渡船到对河去,一个人也不有,不怕什么罢。"翠云丫头不说什么,脸儿红红的,只是低头笑着。

病人在房里咳嗽不止,姊姊同大嫂便进去了。翠云把衣扭好了,便预备上楼。女孩岳珉在天井中看了一会日影,走到病人房门口望望。只见大嫂正在裁纸,大姊坐在床边,想检察那小痰盂,母亲先是不允许,用手拦阻,后来大姊依然见到了,只是摇头。可是三个人皆勉强的笑着,且故意从别一件事上,解除一下当前的悲戚处,于是说起一个很久远的故事。到后三人又商量写信打电报的事情。女孩岳珉不知为什么,心里尽是酸酸的,站在天井里,同谁生气似的,红了眼睛,咬着嘴唇。过一阵,听翠云丫头在晒楼说话:

"珉小姐，珉小姐，你快上来，看新娘子骑马，要过渡了！"

又过一阵，翠云丫头于是又说：

"看呀，看呀，快来看呀，一个一块瓦的大风筝跑了，快来，快来，就在头上，我们捉它！"

女孩岳珉抬起来了头，果然从天井里也可以望到一个高高的风筝，如同一个吃醉了酒的巡警神气，偏偏斜斜的滑过去，隐隐约约还看到一截白线，很长的在空中摇摆。

也不是为看风筝，也不是为看新娘子，等到翠云下晒楼以后，女孩岳珉仍然上了晒楼了。上了晒楼，仍然在栏干边傍着，眺望到一切远处近处，心里慢慢的就平静了。后来看到染坊中人在大坪里收拾布匹，把整匹白布折成豆腐干形式，一方一方摆在草上，看到尼姑庵里瓦上有烟子，各处远近人家也都有了烟子，她方离开晒楼。

下楼后，向病人房门边张望了一下，母亲同姊姊三人皆在床上睡着了。再到小孩北生小房里去看看，北生不知在什么时节，也坐在地下小绒狗旁睡着了。走到厨房去，翠云丫头正在灶口边板凳上，偷偷的用无敌牌牙

静   53

粉，当成水粉擦脸。女孩岳珉似乎恐怕惊动了这丫头的神气，赶忙走过天井中心去。

这时听到隔壁有人拍门，有人互相问答说话。女孩岳珉心里很希奇的想到："谁在问谁？莫非爸爸同哥哥来了，在门前问门牌号数罢？"这样打算，心便骤然跳跃起来，忙匆匆的走到二门边去，只等候有什么人拍门拉铃子，就一定是远处来的人了。

可是，过一会儿，一切又都寂静了。

女孩岳珉便不知所谓的微微的笑着。日影斜斜的，把屋角同晒楼柱头的影子，映到天井角上，恰恰如另外一个地方，竖立在她们所等候的那个爸爸坟上一面纸制的旗帜。

（为纪念姊姊亡儿北生而作。）

廿一年三月三十日在上海作

卅一年五月十日在昆明改正

主妇

　　碧碧睡在新换过的净白被单上，一条琥珀黄绸面薄棉被裹着温暖身子。长发披拂的头埋在大而白的枕头中，翻过身时，现出一片被枕头印红的小脸，睡态显得安静和平。眼睛闭成一条微微弯曲的线。眼睫毛长而且黑，嘴角边还酿了一小涡微笑。

　　家中女佣人打扫完了外院，轻脚轻手走到里窗前来，放下那个布帘子，一点声音把她弄醒了。睁开眼看看，天已大亮，并排小床上绸被堆起像个小山，床上人已不见（她知道他起身后到外边院落用井水洗脸去了）。伸手把床前小台几上的四方表拿起，刚六点整。时间还早，但比预定时间已迟醒了二十分。昨晚上多谈了些闲话，一觉睡去直到同房起身也不惊醒。天气似乎极好，人闭着眼睛，从晴空中时远时近的鸽子嗡哨可以推测得出。

她当真重新闭了眼睛，让那点声音像个摇床，把她情感轻轻摇荡着。

一朵眩目的金色葵花在眼边直是晃，花蕊紫油油的，老在变动，无从捕捉。她想起她的生活，也正仿佛是一个不可把握的幻影，时刻在那里变化。什么是真实的，什么是最可信的，说不清楚。她很快乐。想起今天是个希奇古怪的日子，她笑了。

今天八月初五。三年前同样一个日子里，她和一个生活全不相同性格也似乎有点古怪的男子结了婚。为安排那个家，两人坐车从东城跑到西城，从天桥跑到后门，选择新家里一切应用东西，从卧房床铺到厨房碗柜，一切都在笑着、吵着、商量埋怨着，把它弄到屋里。从上海来的姊姊，从更远南方来的表亲，以及两个在学校里念书的小妹妹，和三五朋友，全都像是在身上钉了一根看不见的发条，忙得轮子似的团团转。纱窗，红灯笼，赏下人用的红纸包封，收礼物用的洒金笺谢帖，全部齐备后，好日子终于到了。正同姊姊用剪子铰着小小红喜字，预备放到糕饼上去，成衣人送来了一袭新衣。"是谁的？""小姐的。"拿起新衣跑进新房后小套间去，对镜子试换新衣。一面换衣一面胡胡乱乱的想着：

……一切都是偶然的，彼一时或此一时。想碰头太不容易，要逃避也枉费心力。一年前还老打量穿件灰色学生制服，扮个男子过北平去读书，好个浪漫的想像！谁知道今天到这里却准备扮新娘子，心甘情愿给一个男子作小主妇！

电铃响了一阵，外面有人说话，"东城陈公馆送礼，四个小碟子。"新郎忙匆匆的拿了那个礼物向新房里跑，"来瞧，宝贝，多好看的四个小碟子！你在换衣吗？赶快来看看，送力钱一块罢。美极了。"院中又有人说话，来了客人。一个表姊；一个史湘云二世。人在院中大喉咙嚷，"贺喜贺喜，新娘子隐藏到那里去了？不让人看看新房子，是什么意思？有什么机关布景，不让人看？""大表姐，请客厅坐坐，姊姊在剪花，等你帮帮忙！""新人进房，媒人跳墙；不是媒人，无忙可帮。我还有事得走路，等等到礼堂去贺喜，看王大娘跳墙！"花匠又来了。

接着是王宅送礼，周宅送礼；一个送的是瓷瓶，一个送的是陶俑。新郎又忙匆匆的抱了那礼物到新房中来，"好个花瓶，好个美人。碧碧，你来看！怎么还不把新衣穿好？不合身吗？我不能进来看看吗？""嗨，嗨，请不要来，不要来！"另一个成衣人又送衣来了。"新衣又来了。让我进来看看好。"

于是两人同在那小套间里试换新衣，相互笑着，埋怨着。新郎对于当前正在进行的一件事情，虽热心神气间却俨然以为不是一件真正事情，为了必须从一种具体行为上证实它，便想拥抱她一下，吻她一下。"不能胡闹！""宝贝，你今天真好看！""唉，唉，我的先生，你别碰我，别把我新衣揉皱，让我好好的穿衣。你出去，不许在这里捣乱！""你完全不像在学校里的样子了。""得了得了。不成不成。快出去，有人找你！得了得了。"外面一片人声，果然又是有人来了。新郎把她两只手吻吻，笑着跑了。

当她把那件浅红绸子长袍着好，轻轻的开了那扇小门走出去时，新郎正在窗前安放一个花瓶。一回头见到了她，笑迷迷的上下望着。"多美丽的宝贝！简直是……""唉，唉，我的大王，你两只手全是灰，别碰我，别碰我。谁送那个瓶子？""周三兄的贺礼。""你这是什么意思？顶喜欢弄这些容易破碎的东西，自己买来不够，还希望朋友也买来送礼。真是古怪脾气！""一点不古怪！这是我的业余兴趣。你不欢喜这个青花瓶子？""唉，唉，别这样。快洗手去再来。你还是玩你的业余宝贝，让我到客厅里去看看。大表姊又嚷起来了。"

一场热闹过后，到了晚上，几人坐了汽车回到家里，从××跟踪来的客人陆续都散尽了。大姊姊表演了一出昆剧《游园》，哄着几个小妹妹到厢房客厅里睡觉去了。两人忙了一整天，都似乎十分疲累，需要休息。她一面整理衣物，一面默默的注意到那个朋友。朋友正把五斗橱上一对羊脂玉盒子挪开，把一个青花盘子移到上面去。

像是赞美盘子，又像是赞美她，"宝贝，你真好！你累了吗？一定累极了。"

她笑着，话在心里，"你一定比我更累，因为我看你把那个盘子搬了五次六次。"

"宝贝，今天我们算是结婚了。"

她依然微笑着，意思像在说，"我看你今天简直是同瓷器结婚，一时叫我作宝贝，一时又叫那盘子罐子作宝贝。"

"一个人都得有点嗜好，一有嗜好，总就容易积久成癖，欲罢不能。收藏铜玉，我无财力，搜集字画，我无眼力，只有这些小东小西，不大费钱，也不是很无意思的事情。并且人家不要的我来要……"

她依然微笑着，意思像在说，"你说什么？人家不要的你要……"

停停，他想想，说错了话，赶忙补充说道，"我玩盘子瓶子，是人家不要的我要。至于人呢，恰好是人家想要而得不到的，我要终于得到。宝贝，你真想不到几年来你折磨我成什么样子？"

她依然笑着，意思像在说，"我以为你真正爱的，能给你幸福的，还是那些容易破碎的东西。"

他不再说什么了，只是莞尔而笑。话也许对。她可不知道他的嗜好原来别有深意。他似乎追想一件遗忘在记忆后的东西，过了一会，自言自语说："碧碧，你今年二十三岁，就作了新嫁娘！当你二十岁时想不想到这一天？甜甜的眉眼，甜甜的脸儿，让一个远到不可想像的男子傍近身边来同过日子。他简直是飞来的。多希奇古怪的事情！你说，这是个人的选择，还是机运的偶然？若说是命定的，倘若我不在去年过南方去，会不会有现在？若说是人为的，我们难道真是完全由自己安排的？"

她轻轻的呼了一口气。一切都不宜向深处走，路太远了。昨天或明天与今天，在她思想中无从联络。一切若不是命定的，至少好像是非人为的。此后料不到的事还多着哪。她见他还想继续讨论一个不能有结论的问题，于是说，"我倦了。时间不早了。"

日子过去了。

接续来到两人生活里的，自然不外乎欢喜同负气，风和雨，小小的伤风感冒，短期的离别，米和煤价的记录，搬家，换厨子，请客或赴宴，红白喜事庆吊送礼。本身呢，怀了孕又生产，为小孩子一再进出医院，从北方过南方，从南方又过北方。一堆日子一堆人事倏然而来且悠然而逝。过了三年。寄住在外祖母身边的小孩子，不知不觉间已将近满足两周岁。这个从本身分裂出来的幼芽，不特已经会大喊大笑，且居然能够坐在小凳子上充汽车夫，知道嘟嘟嘟学汽车叫吼。有两条肥硕脆弱的小腿，一双向上飞扬的眉毛，一种大模大样无可不可的随和性情。一切身边的都证明在不断的变化，尤其是小孩子，一个单独生命的长成，暗示每个新的日子对人赋予一种特殊意义。她是不是也随着这川流不息的日子，变成另外一个人呢？想起时就如同站在一条广泛无涯的湖边一样，有点茫然自失。她赶忙低下头去用湖水洗洗手。她爱她的孩子，为孩子笑哭迷住了。因为孩子，她忘了昨天，也不甚思索明天。母性情绪的扩张，使她显得更实际了一点。

当她从中学毕业，转入一个私立大学里作一年级学生时，接近她的同学都说她"美"。她觉得有点惊奇，不大相信。心想：什么美？少所见，多所怪罢了。有作用的阿谀不准数，她不需要。她于是谨慎又小心的回避同那些阿谀她的男子接近。

到后她认识了他。他觉得她温柔甜蜜，聪明而朴素。到可以多说点话时，他告她他好像爱了她。话还是和其余的人差不多，不过说得稍稍不同罢了。当初她还以为不过是"照样"的事，也自然照样搁下去。人事间阻，使她觉得对他应特别疏远些，特别不温柔甜蜜些，不理会他。她在一种谦退逃遁情形中过了两年。在这些时间中自然有许多同学不得体的殷勤来点缀她的学生生活。她一面在沈默里享用这分不大得体的殷勤，一面也就渐成习惯，用着一种期待，去接受那个陌生人的来信。信中充满了谦卑的爱慕，混和了无望无助的忧郁。她把每个来信从头看到末尾，随后便轻轻的叹了一口气，把那些信加上一个记号收藏到个小小箱子里去了。毫无可疑那些冗长的信是能给她一点秘密快乐，帮助她推进某种幻想的。间或一时也想回个信，却不知应当如何措词。生活呢，相去太远；性情呢，不易明白。说真话，印象中的他瘦小而羞怯，似乎就并不怎么出色。两者之间，好像有一种东西间隔，也许时间有这种能力，可以把那种间隔挪开，那谁知道。然而她已慢慢的从他那长信习惯于看到许多微嫌卤莽的字眼。她已不怕他。一点爱在沈默里生长了。她依然不理睬他，不曾试用沈默以外任何方法鼓励过他，很谨慎的保持那个距离。她其所以这样作，与其说是为他，不如说是为另外一些不相干的人。她怕人知道，怕人嘲笑，连自己姊妹也不露一丝儿风。

然而这是可能的吗?

自然是不可能的。她毕了业,出学校后便住在自己家里,他知道了,计算她对待他应当不同了一点,便冒昧乘了横贯南北的火车,从北方一个海边到她的家乡来看她。一种十分勉强充满了羞怯情绪的晤面,一种不知从何说起的晤面。到临走时,他问她此后作何计划。她告他说得过北京念几年书,看看那个地方大城大房子。到了北京半年后,他又从海边来北京看她。依然是那种用微笑或沈默代替语言的晤面。临走时,他又向她说,生活是有各种各样的,各有好处也各有是处的,此后是不是还值得考虑一下? 看她自己。一个新问题来到了她的脑子里,此后是到一个学校里去还是到一个家庭里去? 她感觉徘徊。末了她想:一切是机会,幸福若照例是孪生的,昨天碰头的事,今天还会碰头。三年都忍受了,过一年也就不会飞,不会跑;——且搁下罢。如此一来当真又搁了半年。另外一个新的机会使她和他成为一个学校的同事。

同在一处时,他向她很蕴藉的说,那些信已快写完了,所以天就让他和她来在一处作事。倘若她不十分讨厌他，似乎应当想一想，用什么法子使他那点痴处保留下来，成为她生命中一种装饰。一个女人在青春时是需要这个装饰的。

为了更谨慎起见，她笑着说，她实在不大懂这个问题，因为问题太艰深。倘若当真把信写完了，那么就不必再写，岂不省事？他神气间有点不高兴，被她看出了。她随即问他，为什么许多很好看的女人他不麻烦，却老缠住她，她又并不是什么美人。事实上她很平凡，老实而不调皮。说真话，不用阿谀，好好的把道理告给她。

他的答复很有趣，美是不固定无界限的名词，凡事凡物对一个人能够激起情绪引起惊讶感到舒服就是美。她由于聪明和谨慎，显得多情而贞洁，容易使人关心或倾心。他觉得她温和的眼光能驯服他的野心，澄清他的杂念。他认识了很多女子，征服他，统一他，唯她有这种魔力或能力。她觉得这解释有意思。不十分诚实，然而美丽，近于阿谀，至少与一般阿谀不同。她还不大了解一个人对于一个人狂热的意义，却乐于得人信任，得人承认。虽一面也打算到两人再要好一点，接近一点，那点"惊讶"也许就会消失，依然同他订婚而且结婚了。

结婚后她记着他说的一番话，很快乐的在一分新的生活中过日子。两人生活习惯全不相同，她便尽力去适应。她一面希望在家庭中成一个模范主妇，一面还想在社会中成一个模范主妇。为人爱好而负责，谦退而克己。她的努力，并不白费，在戚友方面获得普遍的赞颂和同情，在家庭方面无事不井井有条。然而恰如事所必至，那贴身的一个人，因相互之间太密切，她发现了他对她那点"惊讶"，好像被日常生活在腐蚀，越来越少，而另外一种因过去生活已成习惯的任性处，粗疏处，却日益显明。她已明白什么是狂热，且知道他对她依然保有那种近于童稚的狂热，但这东西对日常生活却毫无意义，不大需要。这狂热在另一方面的滥用或误用，更增加她的戒惧。她想照他先前所说的征服他，统一他，实办不到。于是间或不免感到一点幻灭，以及对主妇职务的厌倦。也照例如一般女子，以为结婚是一种错误，一种自己应负一小半责任的错误。她爱他又稍稍恨他。他看出两人之间有一种变迁，他冷了点。

　　这变迁自然是不可免的。她需要对于这个有更多的了解，更深的认识。明白"惊讶"的消失，事极自然，惊讶的重造，如果她善于调整或控制，也未尝不可能。由于年龄或性分的限制，这事她作不到。既昧于两性间在情绪上自然的变迁，当然就在欢乐生活里揿入一点眼泪，因此每月随同周期而来短期的悒郁，无聊，以及小小负气，几乎成为固定的一分。她才二十六岁，还不到能够静静的分析自己的年龄。她为了爱他，退而从容忍中求妥协，对他行为不图了解但求容忍。这容忍正是她厚重品德的另一面。然而这有个限度，她常担心他的行为有一时会溢出她容忍的限度。

他呢，是一个血液里铁质成分太多，精神里幻想成分太多，生活里任性习惯太多的男子。是个用社会作学校，用社会作家庭的男子。也机智，也天真。为人热情而不温柔，好事功，却缺少耐性。虽长于观察人事，然拙于适应人事。爱她，可不善于媚悦她。忠于感觉而忽略责任。特别容易损害她处，是那个热爱人生富于幻想忽略实际的性格，那分性格在他个人事业上能够略有成就，在家庭方面就形成一个不可救药的弱点。他早看出自己那点毛病，在预备结婚时，为了适应另外一人的情感起见，必须改造自己。改造自己最具体方法，是搁下个人主要工作，转移嗜好，制止个人幻想的发展。他明白玩物丧志，却想望收集点小东小西，因此增加一点家庭幸福。婚后他对于她认识得更多了一点，明白她对他的希望是"长处保留，弱点去掉"。她的年龄，还不到了解"一个人的性格，在某一方面是长处，于另一方面恰好就是短处"。他希望她对他多有一分了解，比她那容忍美德更需要。到后他明白这不可能。他想："人事常常得此则失彼，有所成必有所毁，服从命定未必是幸福，但也未必是不幸。如今既不能超凡入圣，成一以自己为中心的人，就得克制自己，尊重一个事实。既无意高飞，就必需剪除翅翼。"三年来他精神方面显得有点懒惰，有点自弃，有点衰老，有点俗气，然而也就因此，在家庭生活中显得多有一点幸福。

她注意到这些时，听他解释到这些时，心中自然觉得有点矛盾。一种属于独占情绪与纯理性相互冲突的矛盾。她相信他解释的一部分。对这问题思索向深处走，便感到爱怨的纠缠，痛苦与幸福平分，十分惶恐，不知所向。所以明知人生复杂，但图化零为整，力求简单。善忘而不追究既往，对当前人事力图尽责。删除个人理想，或转移理想成为对小孩关心。易言之，就是尽人力而听天命。当两人在熟人面前被人称谓"佳偶"时，就用微笑表示"也像冤家"的意思；又或从旁人神气间被目为"冤家"时，仍用微笑表示"实是佳偶"的意思。在一般人看来她很快乐，她自己也就不发掘任何愁闷。她承认现实，现实不至于过分委曲她时，她照例是愉快而活泼，充满了生气过日子。

过了三年。他从梦中摔碎了一个瓶子，醒来时数数所收集的小碟小碗，已将近三百件。那是压他性灵的沙袋，铰他幻想的剪子。他接着记起了今天是什么日子，面对着尚在沈睡中的她，回想起三年来两人的种种过去。因性格方面不一致处，相互调整的努力，因力所不及，和那意料以外的情形，在两人生活间发生的变化。且检校个人在人我间所有的关系，某方面如何种下了快乐种子，某方面又如何收获了些痛苦果实。更无怜悯的分析自己，解剖自己，爱憎取予之际，如何近于笨拙，如何仿佛聪明。末后便想到那种用物质嗜好自己剪除翅翼的行为，看看三年来一些自由人的生活，以及如昔人所说

"跛者不忘履"，情感上经常与意外的斗争，脑子渐渐有点胡涂起来了。觉得应当离开这个房间，到有风和阳光的院子里走走，就穿上衣，轻轻的出了卧房。到她醒来时，他已在院中水井边站立一点钟了。

他在井边静静的无意识的觑着院落中那株银杏树，看树叶间微风吹动的方向。辨明风向那方吹，应向那方吹，俨然就可以借此悟出人生的秘密。他想，一个人心头上的微风，吹到另外一个人生活里去时，是偶然还是必然？在某种人常受气候年龄环境所控制，在某种人又似乎永远纵横四溢，不可范围，谁是最合理的？人生的理想，是情感的节制恰到好处，还是情感的放肆无边无涯？生命的取与，是昨天的好，当前的好，还是明天的好？

注目一片蓝天，情绪作无边岸的游泳，仿佛过去未来，以及那个虚无，他无往不可以自由前去。他本身就是一个抽象。直到自觉有点茫然时，他才知道自己原来还是站在一个葡萄园的井水边。他摘了一片叶子在手上，想起一个贴身的她，正同葡萄一样，紧紧的植根泥土里，那么生活贴于实际。他不知为什么对自己忽然发生了一点怜悯，一点混和怜悯的爱。"太阳的光和热给地上万物以生命悦乐，我也能够这样作去，必需这样作去。高空不是生物所能住的，我因此还得贴近地面。"

躺在床上的她稍稍不同。

她首先追究三年来属于物质环境的变迁，因这变迁而引起的轻微惆怅，与轻微惊讶。旋即从变动中的物质的环境，看出有一种好像毫不改变的东西。她觉得希奇（似乎希奇）。原来一切在寒暑交替中都不同了，可是个人却依然和数年前在大学校里读书时差不多。这种差不多的地方，从一些生人熟人眼色语言里可以证明，从一面镜子中也可以证明。

她记起一个朋友提起关于她的几句话，说那话时朋友带着一种可笑的惊讶神气。"你们都说碧碧比那新娘子表妹年纪大，已经二十六岁，有了个孩子。二十六岁了，谁相信？面貌和神气，都不像个大人，小孩子已两岁，她自己还像个孩子！"

一个老姑母说的笑话更有意思："碧碧，前年我见你，年纪像比大弟弟小些，今年我看你，好像比五弟弟也小些了。你作新娘子时比姊姊好看，生了孩子，比妹妹也好看了。你今年二十六岁，我看只是二十二岁。"

想起这些话，她觉得好笑。人已二十六岁，再过四个足年就是三十，一个女子青春的峰顶，接着就是那一段峻急下坡路；一个妇人，一个管家婆，一个体质日趋肥硕性情日变随和的中年太太，再下去不远就是儿孙绕膝的老祖母。一种命定的谁也不可避免的变化。虽然这事在某些人日子过得似乎特别快，某些人又稍慢一些，然而总得变化！可是如今看来，她却至少还有十个年头才到三十岁关口。在许多人眼睛里因为那双眼睛同一张甜甜的脸儿，都把她估计作二十二到二十四岁。都以为她还在大学里念书。都不大相信她会作了三年主妇，还有了个两岁大孩子。算起来，这是一个如何可笑的错误！这点错误却俨然当真把她年龄缩小了。从老姑母戏谑里，从近身一个人的狂热里，都证明这错误是很自然的，且将继续下去的。仿佛虽然岁月在这个广大人间不息的成毁一切，在任何人事上都有新和旧的交替，但间或也有例外，就是属于个人的青春美丽的常住。这美丽本身并无多大意义，尤其是若把人为的修饰也称为美丽的今日。

好处却在过去一时，它若曾经激动过一些人的神经，缠缚着一些人的感情，当前还好好保存，毫无损失。那些陌生的熟习的远远近近的男子，因她那青春而来的一点痴处，一点卤莽处，一点从淡淡的友谊而引起的忧郁或沈默，一点从微笑或一瞥里新生的爱，都好好保存，毫无损失。她觉得快乐。她很满意自己那双干净而秀气浅褐颜色的小手。她以为她那眉眼耳鼻，上帝造作时并不十分妈虎。她本能的感觉到她对于某种性情的熟人，能够煽起他一种特别亲切好感，若她自愿，还可给予那些陌生人一点烦恼或幸福（她那对于一个女子各种德性的敏感，也就因为从那各种德性履行中，可以得到旁人对她的赞颂，增加旁人对她的爱慕）。她觉得青春的美丽能征服人，品德又足相副，不是为骄傲，不是为虚荣，只为的是快乐；美貌和美德，同样能给她以快乐。

其时她正想起一个诗人所说的"日子如长流水逝去，带走了这世界一切，却不曾带走爱情的幻影，童年的梦，和可爱的人的笑和謦"。有点害羞，似乎因自己想像的荒唐处而害羞。他回到房中来了。

她看他那神色似乎有点不大好。她问他说：

"怎么的？不记得今天是什么日子了吗？为什么一个人起来得那么早，悄悄跑出去？"

他说："为了爱你，我想起了许多我们过去的事情。"

"我呢，也想起许多过去的事情。吻我。你瞧我多好！我今天很快乐，因为今天是我们两个人最可纪念的一天！"

他勉强微笑着说，"宝贝，你是个好主妇。你真好，许多人都觉得你好。"

"许多人，许多什么人？人家觉得我好，可是你却不大关心我，不大注意我。你不爱我！至少是你并不整个属于我。"她说的话虽挺真，却毫无生气意思。故意装作不大高兴的神气，把脸用被头蒙住，暗地里咕咕笑着。

一会儿猛然把绸被掀去，伸出两条圆圆的臂膀搂着他的脖子，很快乐的说道："宝贝，你不知道我如何爱你！"

一缕新生忧愁侵入他的情绪里。他不知道自己应当如何来努力，就可以使她高兴一点，对生活满意一点，对他多了解一点，对她自己也认识清楚一点。他觉得她太年青了，精神方面比年龄尤其年青。因此她当前不大懂他，此后也不大会懂他。虽然她爱他，异常爱他。他呢，愿意如她所希望的"完全属于她"，可是不知道如何一来，就能够完全属于她。

廿五年[1]作于北平

廿六年五月改

廿九年三月重看一遍六月二十二六月二十四重改

卅年七月九日整夜守在桌边。此文宜重写。

---

1 廿五年，即一九三六年。——编者注

白日（原名玲玲）

玲玲的样子，黑头发，黑眉毛，黑眼睛，脸庞红红的，嘴唇也红红的。走路时欢喜跳跃，无事时常把手指头含在口里。年纪还只五岁零七个月，不拘谁问她：

"玲玲，你预备嫁给谁？"

这女孩子总把眼睛睁得很大，装作男子的神气，"我是男子，我不嫁给谁。"

她自己当真以为自己是男子，性格方面有时便显得有点顽皮。但熟人中正因为这点原因，特别欢喜惹她逗她，看她作成男子神气回话，成为年长熟人的一种快乐源泉。问第三次，她明白那询问的意思，不作答跑了。

但另一时有人问及时，她还是仍然回答，忘记了那询问的人用意所在。

她如一般中产者家庭中孩子一样，生在城市中旧家，性格聪明，却在稍稍缺少较好教育的家庭中长大，过着近于寂寞的日子。母亲如一般中产阶级旧家妇人一样，每日无事，常常过亲戚家中去打点小牌，消磨长日。玲玲同一个娘姨，一个年已二十左右的姊姊，三个人在家中玩。娘姨有许多事可作，姊姊自己作点针线事务，看看旧书，玲玲就在娘姨身边或姊姊身边玩，玩厌了，随便倒在一个椅子上就睡了。睡醒来总先莫名其妙的哭着，哭一会儿，姊姊问，"为什么哭？"玲玲就想："当真我为什么哭？"到后自然就好了，又重新一个人玩起来了。

她如一般小孩一样，玩厌了，欢喜依傍在母亲身边，需要抚摸，慰藉，温存，母亲不常在家，姊姊就代替了母亲的职务。因为姊姊不能如一个母亲那么尽同玲玲揉在一处，或正当玩得忘形时，姊姊忽然不高兴把玲玲打发走开了，因此小小的灵魂里常有寂寞的影子。她玩得不够，所以想像力比一般在热闹家庭中长大的女孩子发达些。

母亲今天又到三姨家去了，临行时嘱咐了家中，吃过了晚饭回家，上灯以后不回来时，赵妈拿了灯笼去接。母亲走后，玲玲靠在通花园的小门边，没精打采的望着一院子火灼灼的太阳，一只手插在衣袋里，叮吟当啷玩弄着口袋里四个铜板，来回数了许久，又掏出来看看。铜板已为手中汗水弄得湿湿的，热热的。这几个铜板保留了玲玲一点记忆，如果不是这几个铜板，玲玲早已悄悄的走出门，玩到自己也想不起的什么地方去了。

玲玲母亲出门时，在玲玲小手中塞下四枚铜板，一面替玲玲整理衣服，一面头向姊姊那一边说：

"我回来问姊姊，如果小玲玲在家不顽皮，不胡闹，不哭，回来时带大苹果一个。顽皮呢……没有吃的，铜板还得罚还放到扑满里，不久就应当嫁到××作童养媳妇去了。姊姊记着么？"

姊姊并不记着，只是微笑，玲玲却记着。

母亲走了，姊姊到房中去做事，玲玲因为记着母亲嘱咐姊姊的话，记忆里苹果实在是一种又香又甜又圆又大的古怪东西，玲玲受着诱惑，不能同姊姊离开了。

姊姊上楼后，玲玲跟姊姊身后上去，姊姊下厨房，她也跟到厨房。同一只小猫一样，跟着走也没有什么出奇，这孩子的手，嘴，甚至于全身，都没有安静的时刻。她不忘记苹果。她知道同姊姊联络，听姊姊吩咐，这苹果才有希望。看到赵妈揉面，姊姊走去帮忙，她就晓得要作大糕了，看到揉面的两只手白得有趣味，一定也要做一个，就揪着姊姊硬要一块面，也在那里揉着。姊姊事情停当了，想躺到藤椅上去看看书，她就爬上姊姊膝头，要姊姊讲说故事。讲了一个，不行，摇摇头，再来一个。……两个也不够。整个小小的胖胖的身子，压在姊姊的身上，精神虎虎的，撕着，扯着，搓着，揉着，嘴里一刻不停的哼着，一头短发在姊姊身边揉得乱乱的。姊姊正看书看到出神，闹得太久了，把她抱下来，脚还没有着地，她倒又爬上来了。

姊姊若记着母亲的话，只要说："玲玲，你再闹，晚上苹果就吃不成了。"因此一来玲玲就不会闹了。但姊姊并不想起这件事可以制服玲玲。

姊妹俩都弄得一身汗，还是扭股儿糖似的任你怎么哄也哄不开。

姊姊照例是这样的，玲玲不高兴时欢喜放下正经事来哄玲玲，玲玲太高兴时却只想打发开玲玲，自己来作点正经事。姊姊到后忽然好像生气了，面孔同过去生气时玲玲所见的一模一样。姊姊说：

"玲玲，你为什么尽在这里歪缠我，为什么不一个人花园里去玩玩呢？"

玲玲听到了这个话，望望姊姊，姊姊还是生气的样子。玲玲一声不响，出了房门，抱了一种冤屈，一步一挨走向花园门边去了。

走到花园门边，一肚子委屈，正想过花园去看看胭脂花结得子黑了没有，就听到侧面谷仓下母鸡生蛋的叫声。母鸡生蛋以后跳出窠时照例得大声大声的叫着，如同赵妈与人相骂一样。玲玲在平常时节，应当跳着跑着走到鸡窠边检察一下，看新出的鸡蛋颜色是黄的白的，间或偷偷用手指触了一下，就跑回到后面厨房去告给佣人赵妈。因为照习惯小孩子不许捏发热的鸡蛋，所以当赵妈把鸡蛋取出时，玲玲至多还是只敢把一个手指头去触那鸡蛋一下。姊姊现在不理她，她有点不高兴，不愿意跑到后面找赵妈去了。听到鸡叫她想打鸡一石头，心想，你叫吗，我打你！一跑着，口袋中铜板就撞触发出声音。她记起了母亲的嘱咐，想到苹果，想到别的。

……妈妈不在家，玲玲不是应该乖乖儿的吗？

应该的。应该的。她想她是应该乖乖儿的。不过在妈面前乖乖儿的有得是奖赏，在姊姊面前，姊姊可不睬人。她应当依然去姊姊身边坐下，还是在花园里葵花林里太阳底下来赶鸡捉虫？她没有主意儿明白应当怎么样。

她不明白姊姊为什么今天生她的气。她以为姊姊生了她的气，受了冤屈，却不想同谁去说。

一个人站在花园门口看了一会，大梧桐树蝉声干干的喊得人耳朵发响，天的底子是蓝分分的，一片白云从树里飞过墙头，为墙头遮盖尽后，那一边又是一片云过来了。她就望到这些云出神，以为有人骑了这云玩，玩一个整天，比在地上一定有趣多了。她记起会驾云的几个故事上的神人，睨着云一句话不说。

太阳先是还只在脚下，到后来晒过来了，她还不离开门边。

赵妈听到鸡叫了一会，出来取鸡蛋时，看见玲玲站在太阳下出神。

"玲玲，为什么站到太阳下边去，晒出油来不是罪过吗？”

玲玲说：

"晒出油来？只有你那么肥才晒得出油来。"

"晒黑了嫁不出去！"

"晒黑了你也管不着。"

赵妈明白这是受了委屈以后的玲玲，怕她会哭，不敢撩她，就走到谷仓下去取鸡蛋，把鸡蛋拿进屋去以后，不久就听到姊姊在房里说话。

"玲玲，玲玲，你来看，有个双黄鸡蛋，快来看！"

玲玲轻轻的说：

"玲玲不来看。"

姊姊又说：

"你来，我们摆七巧，学张古董卖妻故事。"

玲玲仍然轻轻的说：

"我不来。"

玲玲今天正似乎自己给自己闹别扭，不知为什么，说不去看，又很想去看看。但因为已经说了不去看，似乎明白姊姊正轻轻的在同赵妈说："玲玲今天生了气，莫撩她，一撩她就会哭的。"她想，我偏不哭，我偏不哭，我偏偏不哭。

　　姊姊对玲玲与母亲不同，玲玲小小心灵儿就能分别得出。平常时节她欢喜妈妈，也欢喜姊姊，觉得两人都是天地间的好人。还有赵妈，却是一个天地间的好人兼恶人。母亲到底是母亲，有凡是做母亲的人特具的软劲儿，肯逗玲玲玩，任她在身上打滚胡闹，高兴时紧紧抱着玲玲，不许玲玲透出气来，玲玲在这种野蛮热情中，有一种说不出的快乐。只要母亲不是为正经事缠身，玲玲总能够在母亲的鼓励下，那么放肆的玩，不节制的大笑，锐声的喊叫。在姊姊身边可不同了。姊姊不如母亲的亲热，欢喜说："玲玲，怎么不好好穿衣服？""玲玲，怎么不讲规矩，作野女人像！"但有时节玲玲作了错事，母亲生气了，骂人了，把脸板起来，到处找寻鸡毛帚子，那么发着脾气要打人时，玲玲或哭着或沈默着，到这时节，姊姊便是唯一的救星。在鸡毛帚子落到玲玲身上以前，姊姊就从母亲手上抢过来，且一面向母亲告饶："玲玲错了，好了，不要打了"，一面把玲玲拉到自己房中去，那么柔和亲切的为用衣角拭擦小眼睛里流出的屈辱伤心的眼泪，一面说着悦耳动听的道理，虽然仍在抽咽着，哭着，结果总是被姊姊哄好了，把头抬起同姊姊亲了嘴，姊姊在玲玲心目中，便成为世界上第一可爱的人了。分明是受了冤屈，要执拗，要别扭，到这时，玲玲也只有一半气恼一半感激，用另外一意义而流出眼泪，很快的就为姊姊的故事所迷惑，注意到故事上去了。

譬如小病吃药，母亲常常使玲玲哭泣；在哭泣以后，玲玲却愿意受姊姊的劝哄，闭了眼睛把一口极苦的药咽下去。

母亲和姊姊不同处，可以说一个能够在玲玲快乐中而快乐，这是母亲，一个能够在玲玲痛苦中想法使玲玲快乐，这是姊姊。两人的长处玲玲嘴里说不出，心里有一种数目。

玲玲夜间做梦，常梦到恶狗追她，咬住她的衣角不放，照例是姊姊来救援她，醒时却见睡在母亲身上，总十分奇怪。玲玲的心灵是在姊姊的培养下长大的，一听人说姊姊要嫁了，就走到姊姊身边去，悄悄的问，"姊姊，你当真要嫁了吗？"姊姊说，"玲玲你说胡话我不理你，姊姊为了玲玲，到老都不嫁的！"玲玲相信姊姊这一句话，所以每听到人说姊姊要嫁时，玲玲心里总以为那是谎话。但当她同姊姊生气时，就在心里打量，"姊姊不理我了，姊姊一定要嫁了才不理我的。"

对于赵妈，玲玲以为是家中一个好人，又是一个恶人。玲玲一切犯法的事情，照例常常是赵妈告发到母亲面前的，因此挨打挨骂，当时觉得赵妈十分可恨，被母亲责罚以后，玲玲见到赵妈，总不理会赵妈，且摹仿一个亲戚男子神气，在赵妈面前斜着眼睛，觑着这恶人，口上轻轻的说，"你是什么东西，你是什么东西。"遇到洗澡时，就不要赵妈洗，遇到吃饭时，不要赵妈装饭，可是过一会儿，看见赵妈在那里整理自己的小小红色衣裳，或在小枕头上扣花，或为玲玲作别的事情，玲玲心软了，觉得赵妈好处了。在先一时不拘如何讨厌赵妈，母亲分派东西吃时，玲玲看看赵妈无分，总悄悄的留下一点给赵妈，李子，花生，香榛子儿。橘子整个不能全留，也藏下一两瓣。等到后来见到了赵妈，即或心中还有余气，不愿意同赵妈说话，一定把送赵妈的东西，一下抛到赵妈身边衣兜里，就飞跑走去了。过一时，大家在一处，姊姊把这件事去同赵妈或别人说及时，听到姊姊说"玲玲是爱赵妈的"，玲玲就带了害羞的感情，分辩的说："不爱赵妈"，一定要说到大家承认时才止。

关于"恶人"的感觉，母亲同姊姊有时也免不了被玲玲认为同赵妈一样，尤其是姊姊，欢喜故意闹别扭，不讲道理，惹玲玲哭，玲玲哭时就觉得姊姊也不是好人。但只要一会儿，姊姊在玲玲心目中就不同了。

这时节的玲玲，似乎因为天气太长了一点，要玩又不能玩，对于姊姊有一点反感，她以为先前不理会姊姊，姊姊也同样的在生自己的气。

她望望天，太阳是那么灼人，腿也站得发木了，挨到门槛坐了一会，心想母鸡生蛋，那么圆圆的，究竟是谁告它的一种工夫，很不可解。正猜想这一类事情，花园内木槿花短篱后有一个人影子一闪，玲玲眼快，晓得是赵妈儿子小闩子。忙着问：

"小闩子，是你吗？"

那边说："是我。"

玲玲快乐极了，就从木槿花枝间钻过去，看小闩子。

小闩子是一个十二岁的男孩，这人无事不作，成天在后门外同一群肮脏污浊下贱孩子胡闹，生得人瘦而长，猴头猴脑，一双凸眼，一副顽皮下流神气，在玲玲心目中却是一个全能非凡的人物。这孩子口能吹呼哨作出各种声音，手能作一切玩意儿，能在围塘上钓取鳝鱼鳅鱼，能只手向空中捞捉苍蝇，勇敢，结实，一切好处皆使玲玲羡慕佩服，发生兴味。小囝子原来是赵妈的儿子。

玲玲常见小囝子被他母亲用扫帚或晾衣的竹杆追到身后打击，玲玲母亲也不许玲玲同小囝子玩，姊姊也总说同小囝子玩真极下流。她不大相信家中人的意见，倒是小囝子常常的带了玲玲玩回来，总得挨一顿打，所以不敢接近玲玲了。

玲玲这时看见小囝子，手里拿了一把小竹子，一个竹篾篓子，玲玲说：

"小囝子昨天捉了多少鳅鱼！"

小囝子记起昨天带了玲玲去玩被妈妈用扫帚追打的情形来了。小囝子装模作样的说：

"还说捉鱼，我不该带你玩，我被打七下，头也打昏了。"

"你今天去那儿玩？"

"今天到西堤去。"

玲玲知道西堤有白荷花，绿绿的莲蓬，同伞一样的大荷叶，一到了那边就可以折这几样东西。且知道西堤柳树下很凉爽，常常有人在那边下棋，还有人在石磴上吹箫，石磴下又极多蟋蟀，时时刻刻弹琴似的轻声振着翅膀。

"西堤不热吗？"

"西堤不热，多少人都到那儿歇凉！"

"我只到过两回。"

"你想去吗？"

"让我想想，"玲玲随便想想，就说，"我同你去吧。"

小闩子却也想想，把头摇摇。

"不好，我不同你去，回头你转身时，我妈知道了又得打我。"

"你妈吃酒去了，不怕的。"

"你不怕我怕。"

"你难道怕打吗？我从不见你被打了以后哭脸，你是男人！"

小闩子听到这种称赞，望着玲玲笑着，轻轻的嘘了一口气，说：

"好，我们走罢，老孙铜头铁额，不会一棒打倒，让我保驾同你到西堤去，我们走后门出去罢。"

两人担心在后门口遇见赵妈，因此从柚子树下沿了后墙走去。玲玲家的花园倒不很小，一个斜坡，上下分成三个区域，有各样花果，各样树木，后墙树木更多，夏天来恐怕有长虫咬人，因此玲玲若无人作伴，一个人是不敢沿了花园围墙走去的。这时随同她作伴的，却是一个武勇非凡的小闩子，玲玲见到墙边很阴凉，就招呼小闩子，要他坐坐，莫急走去。

两人后来坐在一个石条子上，听树上的蝉声，各人用锐利的眼睛，去从树秒木末搜索那些身体不大声音极宏的东西，各人皆看得清清楚楚。

小闩子说，"要不要我捉下来？"

"我不要。姊姊不许我玩这些小虫。"

"你怕你的姊姊是不是？一个人怕姊姊，我不明白是怎么回事。你姊姊脸上常常擦了粉和红色胭脂，同唱戏花旦一样，不应当害怕！"

"可是我姊姊从不唱戏。她使人害怕，因为她有威风。赵妈也归她管，我也归她管，天下男子都应当归她管！"

小闩子有点不平了，把手中竹子殴打身旁一株厚朴树干，表示他的气概。

"我不归你姊姊管，她管不了我。她不是母老虎，吃不了我！"

"她吃得了你！"

"那她是母老虎变的了，只有母老虎才吃得我下去！"

"她是母老虎。"

小闩子听这句话，就笑了。玲玲因为把话跟着说下去，故在一种抖气辩护中，使小闩子也害怕姊姊，故承认姊姊是一个母老虎，但到小闩子不再说出声时，玲玲心里划算了一下，怯怯的和气的问小闩子：

"你说母老虎，当真像姊姊那么样子吗？姊姊从不咬人。她很会哄人，会讲故事，会唱七姊妹仙女的长歌。她是有威风的人，不是老虎！"

小闩子说，"我原是说不是老虎，你以为是，我不能同你分辩，正打量将来一见你姊姊就跑开的办法。"

玲玲想说"可是姊姊是天下最好的好人"，小闩子望到墙边一株枣树上的枣实，已走过树下去了。

枣树在墙角头处，这一棵大枣树疏疏的细叶瘦枝间，挂满了一树雪白大蒲枣，几天来已从绿色转成白色，完全成熟了，乐得玲玲跳了起来，就追赶过去。跑到树下时，小闩子抱了树干，一纵身就悬起全身在树干上，像一个猿猴，瞥眼间，就见他爬到树桠上跨着树枝摇动起来了。玲玲又乐又急，昂了个小头望着上面，口里连连的喊，"好好儿爬，不要掉下来，掉到我头上可不行！"

小闩子一点也不介意，还故意把树枝摇动得极厉害，树枝一上一下的乱晃，晃得玲玲红了脸，不敢再看，只蒙头喊：

"小闩子，你再晃我就走了！"

小闩子就不再晃了，安静下来，规规矩矩摘他的枣子。他把顶大的枣子摘到手上后，就说：

"玲玲，这是顶大的，看，法宝到了头上，招架！"

枣子掷抛下来时，玲玲用手兜着衣角，把枣子接得，一口咬了一半。一会儿，第二颗又下来了。玲玲忙着检拾落在地下的枣子，忙着笑，轻转的喊着，这边那边的跳着，高兴极了。

一个在树上，一个在树下，两人不知吃了多少枣子，吃到后来大家再也不想吃了，小闩子坐到树桠上，同一个玩倦了的猴子一样，等了一会，才溜下树来，站在玲玲面前，从身上掏出一把顶大的枣子来。

玲玲一眼看到小囝子手红了，原来枣树多刺，无意中已把小囝子的手刺出血了。玲玲极怕血，不敢看它，小囝子毫不在乎的神气，把手放在口里吮了一下，又蹲到地下抓了一把黄土一撒，若无其事的样子。

他问玲玲吃得可开心不开心，玲玲手上还拿得两手枣子，肚子饱饱的，点点头微笑，跳跃了两下。袋袋里铜子响了起来，听到声音玲玲记起铜板来了，从袋袋里把铜板掏出。

"我有四枚铜板，妈妈出门时送我的！"

"有四枚吗？"

"一、二、三、四。"

外墙刚好有人敲竹梆过身，小囝子知道这是卖枣子汤的，就说：

"外面有枣泥汤，怎么不买一碗吃吃？"

"枣泥汤不是枣子做的？"

"是枣子做的，味道比枣子好。那里面是红枣，不是白枣，你不欢喜红枣吗？"

"欢喜，欢喜，拿去买罢。"

小闩子会出主意，要玲玲莫出去，在外面吃枣泥汤耽心碰到熟人，就在这儿等下他一个出去买，一会儿，他就拿回来了。

　　玲玲想想，"这样好"，于是把钱塞到小闩子手心，一接到钱，小闩子如飞的跑出去了。小闩子出去以后，看到了糖担子，下面有轮盘同活动龙头，龙头口中下垂一针，针所指处有糖做的弥勒佛，有糖塔，糖菩萨，就把手上铜板输了三枚。剩下一枚买了枣泥汤，因为分量太少了一点，要小贩添了些白水，小闩子把瓶子摇摇，一会儿，玲玲就见他手里拿了一小瓶浑黄色的液体，伶警古怪的跑回来了。

　　玲玲把瓶接到手里，喝了一口，只觉满嘴甜甜的。

　　"小闩子，你喝不喝？"

　　小闩子正想起糖塔糖人，不好意思再喝，就说不喝。玲玲继续把一小瓶的嘴儿含着，昂起头咕喽咕喽咽了几口，实在咽不下去了，才用膀子揉揉自己嘴唇，把那小瓶递给小闩子。小闩子见到，把瓶子一黏在嘴边，就完事了。

　　喝完了枣汤，小闩子说：

　　"玲玲，可好吗？"

"好吃极了。"

远远的听到赵妈声音：

"玲玲小姐，在那儿！……"

小闩子怕见他的母亲，借口退还瓶子，一溜烟跑了。

玲玲把枣子藏到衣口袋里，心里耿耿的，满满的，跑出花园回到堂屋去，看到大方桌上一个热腾的大蒸笼，一蒸笼的糕，姊姊正忙着用盘子来盛取，见到了玲玲，就说：

"小玲玲，来，给你一个大的吃。"

玲玲本来不再想吃什么，但不好不吃。并且小孩子见了新鲜东西，即或肚皮已经吃别的东西胀得如一面小鼓，也不会节制一下不咬它一口。吃了一半热糕，玲玲肚子作痛起来了，放下糕跑出去了。一个人坐在门外边。看见鸡在墙角扒土，咯咯的叫着。玲玲记起母亲说的不许吃外面的生冷东西，吃了会死人的话来了。肚子还是痛着，老不自在，又不敢同姊姊去说。

姊姊出来了，见玲玲一个人坐在那里，皱了眉毛老不舒服的样子，以为她还是先前生气不好的原因，走过来哄她一下，问她：

"玲玲，糕不很好吗？再吃一个，留两个……"

玲玲望着姊姊的面孔，记起先一时说的母老虎笑话，有点羞惭。姊姊说：

"怎么？还不高兴吗？我有好故事，你跑去拿书来，我们说故事吧。"

玲玲很轻很轻的说：

"姊姊，我肚子痛！"说着，就哭了。

姊姊看看玲玲的脸色，明白这小孩子说的话不是谎话，急坏了，忙着一面抱了玲玲到房中去，一面喊叫赵妈。把玲玲抱起时，口袋中枣子撒落到地下，各处滚着，玲玲哭着哼着让姊姊抱了她进房中去，再也不注意那些枣子。

把玲玲放在床上后，姊姊一面为她解衣一面问她吃了些什么，玲玲一一告给了姊姊，一点不敢隐瞒，姊姊更急了，要赵妈找寻小闩子来，迫究他给玲玲吃了些什么东西。赵妈骂着小闩子的种种短命话语，忙匆匆的走出去了。玲玲让姊姊揉着，埋怨着，一句话不说，躺在床上，望到床顶有一个喜蛛白窠。

过一会赵妈回来了，药也好了，可是玲玲不过是因为吃多了一点的原因，经姊姊一揉，肚子咯咯的响着，经过了一阵，已经好多了。赵妈问："是不是要接太太回来？"玲玲就央求姊姊，不要接母亲回来。姊姊看看当真似乎不大要紧了，就答应了玲玲的请求，打发赵妈出去，且说不要告给太太，因为告给太太，三个人都得挨骂。赵妈出了房门后，玲玲感谢的抱着姊姊，让姊姊同她亲嘴亲额。

姊姊问：

"好了没有？"

"好了。"

"为什么同小闩子去玩？你是小姐，应当尊贵一点，不许同小痞子玩，不能乱吃东西，记到了没有？"

"下次不这样子了。"

姊姊虽然像是在教训小玲玲，姊姊的好处，却把玲玲弄得十分软弱了。玲玲这时只想在姊姊面前哭哭，表示自己永远不再生事，不再同小痞子玩。

因为姊姊不许玲玲起身，又怕玲玲寂寞，就拿了书来坐在床边看书，要玲玲好好的躺在床上。玲玲一切都答应了，姊姊自己看书，玲玲躺着，一句话不说，让肚子食物慢慢的消化，望到床顶隔板角上那壁钱出神。

玲玲因此想起自己的钱，想起小闩子谈到姊姊的种种，还想起别的时候一些别的事情来。

到后来，姊姊把书看完了，在书本中段，做了一个记号，合拢了书问玲玲：

"玲玲，肚子好了没有？"

玲玲说："全好了。"说了似乎还想说什么，又似乎有点害羞，姊姊注意到这一点，姊姊就说："玲玲你乖一点，你放心，我回头不把这件事告给妈妈。"

玲玲把头摇摇，用手招呼姊姊，意思要她把头低下来，想有几句秘密话轻轻的告给姊姊一个人听。姊姊把头低下，耳朵靠近玲玲小嘴边时，玲玲轻轻的说：

"姊姊，我不怕你是母老虎，我愿意嫁给你。"

姊姊听到这种小孩子的话，想了一下，笑得伏在床上抱了玲玲乱吻，玲玲却在害羞情形中把眼睛弄湿，而且呜呜咽咽的哭起来了。

玲玲一面流泪一面想：

"我嫁给你，我愿意这样办！"

三三

　　杨家碾坊在堡子外一里路的山嘴路旁。堡子位置在山湾里，溪水沿了山脚流过去，平平的流，到山嘴折湾处忽然转急，因此很早就有人利用它，在急流处筑了一座石头碾坊，这碾坊，不知从什么时候起，就叫杨家碾坊了。

　　从碾坊往上看，看到堡子里比屋连墙，嘉树成荫，正是十分兴旺的样子。往下看，夹溪有无数山田，如堆积蒸糕，因此种田人借用水力，用大竹扎了无数水车，用椿木做成横轴同撑柱，圆圆的如一面锣，大小不等竖立在水边。这一群水车，就同一群游手好闲人一样，成

98

日成夜不知疲倦的咿咿呀呀唱着意义含糊的歌。

一个堡子里只有这样一座碾坊，所以凡是堡子里碾米的事都归这碾坊包办，成天有人轮流挑了仓谷来，把谷子倒进石槽里去后，抽去水闸的板，枧槽里水冲动了下面的暗轮，石磨盘带着动情的声音，即刻就转动起来了。于是主人一面谈说一件事情，一面清理簸箩筛子，到后头包了一块白布，拿着一个长把的扫帚，追逐磨盘，跟着打圈儿，扫除溢出槽外的谷米，再到后，谷子便成白米了。

到米碾好了，筛好了，把米糠挑走之后，主人全身是灰，常常如同一个滚入豆粉里的汤圆，然而这生活，是明明白白比堡子里许多人生活还从容，而为一堡子中人所羡慕的。

凡是到杨家碾坊碾过谷子的，皆知道杨家三三。妈妈十年前嫁给守碾坊的杨，三三五岁，爸爸就丢下碾坊同母女，什么话也不说死去了。爸爸死去后，母亲作了碾坊的主人，三三还是活在碾坊里，吃米饭同青菜小鱼鸡蛋过活子，生活毫无什么不同处。三三先是眼见爸爸成天全身是糠灰，到后爸爸不见了，妈妈又成天全身是糠灰，……于是三三在哭里笑里慢慢的长大了。

妈妈随着碾槽转，提着小小油瓶，为碾盘的木轴铁心上油，或者很兴奋的坐在屋角拉动架上的筛子时，三三总很安静的自己坐在另一角玩。热天坐当有风凉处吹风，用包谷秆子作小笼，冬天则伴同猫儿蹲在火桶里，剥灰煨栗子吃。或者有时候从碾米人手上得到一个芦管作成的唢哪，就学着打大傩的法师神气，屋前屋后吹着半天还玩不厌倦。

这磨坊外屋上墙上爬满了青藤，绕屋全是葵花同枣树，疏疏树林里，常常有三三葱绿衣裳的飘忽。因为一个人在屋里玩厌了，就出来坐在废石槽上洒米头子给鸡吃，在这时，什么鸡欺侮了另一只鸡，三三就得赶逐那横蛮无理的鸡，直等到妈妈在屋后听到鸡声，代为讨情才止。

这磨坊上游有一潭，四面有大树覆荫，六月里阳光照不到水面。碾坊主人在这潭中养得有白鸭子，水里的鱼也比上下溪里特别多。照一切习惯，凡靠自己屋前的水，也算为自己财产的一份。水坝既然全为了碾坊而筑成的，一乡公约不许毒鱼下网，所以这小溪里鱼极多。遇不甚面熟的人来钓鱼，看潭边幽静，想蹲一会儿，三三见到了时，总向人说："不行，这鱼是我家潭里养的，你到下面去钓罢。"人若顽皮一点，听了这个话等于不听到，仍然拿着长长的杆子，搁到水面上去安闲的吸着烟管，望到这小姑娘发笑，使三三急了，三三便喊叫她的妈，高声的说："娘，娘，你瞧，有人不讲规矩钓我们的鱼，你来折断他的杆子，你快来！"娘自然是不会来干涉别人钓鱼的。

母亲就没有照到女儿意思折断过谁的杆子，照例将说："三三，鱼多咧，让别人钓罢。鱼是会走路的，上面总爷家塘里的鱼，因为欢喜我们这里的水，都跑来了。"三三照例应当还记得夜间做梦，梦到大鱼从水里跃起来吃鸭子，听完这个话，也就没有什么可说了，只静静的看着，看这不讲规矩的人，钓了多少鱼去。她心里记着数目，回头还告给妈妈。

有时因为鱼太大了一点，上了钩，拉得不合式，撇断了钓竿，三三可乐极了，仿佛娘不同自己一伙，鱼反而同自己是一伙了的神气，那时就应当轮到三三向钓鱼人咧着嘴发笑了。但三三却常常急忙跑回去，把这事告给母亲，母女两人同笑。

有时钓鱼的人是熟人，人家来钓鱼时，见到了三三，知道她的脾气，就照例不忘记问："三三，许我钓鱼罢。"三三便说："鱼是各处走动的，又不是我们养的，怎么不能钓。"

钓鱼的是熟人时，三三常搬了小小木凳子，坐在旁边看鱼上钩，且告给这人，另一时谁个把钓竿撇断的故事。到后这熟人回磨坊时把所得的大鱼分一些给三三家，三三看着母亲用刀剖鱼，掏出白色的鱼脬来，就放在地上用脚去踹，发声如放一枚小爆仗，听来十分快乐。鱼洗好了，揉了些盐，三三就忙取麻线来把鱼穿好，挂到太阳下去晒。等待有客时，这些干鱼同辣子炒在一个碗里待客，母亲如想到折钓杆的话，将说："这是三三的鱼。"三三就笑，心想着："怎么不是三三的鱼？潭里鱼若不是归我照管，早被小孩捉完了。"

三三如一般小孩，换几回新衣，过几回节，看几回狮子龙灯，就长大了，熟人都说看到三三是在糠灰里长大的。一个堡子里的人，都愿意得到这糠灰里长大的女孩子作媳妇，因为人人都知道这媳妇的装奁是一座石头

102

作成的碾坊。照规矩十五岁的三三，要招郎上门也应当是时候了。但妈妈有了一点私心，记得一次签上的话语，不大相信媒人的话语，所以这磨坊还是只有母女二人，一时节不曾有谁添入。

三三大了，还是同小孩一样，一切得傍着妈妈。母女两人把饭吃过后，在流水里洗了脸，眺望行将下沉的太阳，一个日子就打发走了。有时听到堡子里的锣鼓声音，或是什么人接亲，或是什么人做斋事，"娘，带我去看"，又像是命令又像是请求的说着，若无什么别的理由推辞时，娘总得答应同去。去一会儿，或停顿在什么人家喝一杯蜜茶，荷包里塞满了榛子胡桃，预备回家时，有月亮天什么也不用，就可以走回家，遇到夜色晦黑，燃了一把油柴，毕毕剥剥的响着爆着，什么也不必害怕。若到总爷家寨子里去玩时，总爷家还有长工打了灯笼火把送客，一直送到碾坊外边。只有这类事是顶有趣味的事，在雨里打灯笼走夜路，三三不能常常得到这机会，却常常梦到一人那么拿着小小红纸灯笼，在溪旁走着，好像只有鱼知道这会事。

当真说来，三三的事，鱼知道的比母亲应当还多一点，也是当然的。三三在母亲身旁，说的是母亲全听得懂的话，那些凡是母亲不明白的，差不多都在溪边说的。溪边除了鸭子就只有那些水里的鱼，鸭子成天自己哈哈的叫个不休，那里还有耳朵听别人说话？

这个夏天，母女两人一吃了晚饭，不到日黄昏，总常常过堡子里一个人家去，陪一个行将远嫁的姑娘谈天，听一个从小寨来的人唱歌。有一天，照例又进堡子里去，却因为谈到绣花，使三三回碾坊来取样子，三三就一个人赶忙跑回碾坊来，快到屋边时，黄昏里望到溪边有两个人影子，有一个人到树下，拿着一枝杆子，好像要下钓的神气，三三心想这一定是来偷鱼的，照规矩喊着："不许钓鱼，这鱼是有主人的！"一面想走上前去看是什么人。

就听到一个人说："谁说溪里的鱼也有主人，难道溪里活水也可养鱼吗？"

另一人又说："这是碾坊里小姑娘说着玩的。"

那先一个人就笑了。

旋即又听到第二个人说，"三三，三三，你来，你鱼都捉完了！"

三三听到人家取笑她，声音好像是熟人，心里十分不平！就冲过去，预备看是谁在此撒野，以便回头告给母亲。走过去时，才知道那第二回说话的人是总爷家管事先生，另外同一个从不见面的年青男人，那男人手里拿的原来只是一个拐杖，不是什么钓杆。那管事先生是一个堡子里知名人物，他认得三三，三三也认识他，所以当三三走近身时，就取笑说：

　　"三三，怎么鱼是你家养的？你家里养了多少鱼呀！"

　　三三见是总爷家管事先生，什么话也不说了，只低下头笑。头虽低低的，却望到那个好像从城里来的人白裤白鞋，且听到那个男子说："女孩很聪明，很美，长得不坏。"管事的又说："这是我堡里美人。"两人这样说着，那男子就笑了。

　　到这时，她猜测男子是对她望着发笑！三三心想："你笑我干吗？"又想："你城里人只怕狗，见了狗也害怕，还笑人，真亏你不羞。"她好像这句话已说出了口，为那人听到了，故打量跑去。管事先生知道她要害羞跑了，便说："三三，你别走，我们是来看你碾坊的。你娘呢。"

"娘不在碾坊房。"

"到堡子里听小寨人唱歌去了，是不是？"

"是的。"

"你怎么不欢喜听那个？"

"你怎么知道我不欢喜？"

管事先生笑着说："因为看你一个人回来，还以为你是听厌了那歌，担心这潭里鱼被人偷尽，所以……"

三三同管事先生说着，慢慢的把头抬起，望到那生人的脸目了，白白的脸好像在什么地方看见过，就估计：莫非这人是唱戏的小生，忘了搽去脸上的粉，所以那么白？……那男子见三三，不再怕人了，就问三三：

"这是你的家里吗？"

三三说："怎么不是我家里？"

因为这答话很有趣味，那男子就说：

"你住在这个山沟边，不怕水冲去吗？"

"嗨，"三三抿着小小的美丽嘴唇，狠狠的望了这陌生男子一眼，心里想："狗来了，狗来了，你这人吓倒落到水里，水就会冲去你。"想着当真冲去的情形，一定很是好笑，就不理会这两人笑着跑去了。

从碾坊取了花样子回向堡子走去的三三，在潭边再上游一点，望到那两个白色影子还在前面，不高兴又同这管事先生打麻烦，故跟随这两个人身后，慢慢的走着。听两个人说到城里什么人什么事情，听到说开河，又听到说学务局要总爷办学校，因为这两人全都不知道有人在后面，所以自己觉得很有趣味。到后又听管事先生提起碾坊，提起妈妈怎么人好，更极高兴。再到后，就听那城里男人说：

"女孩子倒真俏皮，照你们乡下习惯，应当快放人了。"

那管事的先生笑着说："少爷欢喜，要总爷做红叶，可以去说说。不过这碾坊是应当由姑爷管业的。"

三三轻轻的呸了一口，停顿了一下，把两个指头紧紧的塞了耳朵。但依然听到那两人的笑声。她想知道那个由城里来好像唱小生的人还要说些什么，所以不久就继续跟上前去。

那小生说些什么可听不明白，就只听那个管事先生一人说话，那管事先生说："少爷做了碾坊主人，别的不说，成天可有新鲜鸡蛋吃，也是很值得的！"话一说完，两人又笑了。

三三这次可再不能跟上去了，就坐在溪边的石头上，脸上发着烧，十分生气。心里想："你要我嫁你，我偏不嫁你！我家里的鸡纵成天下二十个蛋，我也不会给你一个蛋吃。"坐了一会，凉凉的风吹到脸上，水声淙淙使她记忆起先一时估计中那男子为狗吓倒跌在溪里的情形，可又快乐了，就望到溪里水深处，一人自言自语说："你怎么这样不中用！管事的救你，你可以喊他救你！"

到宋家时，宋家婶子正说到一件已经说了一会儿的事情，只听宋家妇人说：

"……他们养病倒希奇，说是养病，日夜睡在廊下风里让风吹，……脸儿白得如闺女，见了人就笑，……谁说是总爷的亲戚，总爷见他那种恭敬样子，你还不见到。福音堂洋人还怕他，他要媳妇有多少！"

母亲就说："那么他养什么病？"

"谁知道是什么病？横顺成天吃那些甜甜的药，在床上躺着，在城里是享福，来乡里也是享福。老庚说，害第三等的病，又说是痨病，说也说不清楚。谁清楚城里人那些病名字。依我想，城里人欢喜害病，所以病的名字特别多，我们不能因害病耽搁事情，所以除打摆子只发烧肚泻，别的名字的病，也就从不到乡下来了。"

另外一个妇人因为生过瘰疬，不大悦服宋家妇人武断的话，就说："我不是城里人，可是也害城里人的病。"

"你舅妈是城里人！"

"舅妈管我什么事？"

"你文雅得像城里人，所以才生疡子！"

这样说着，大家全笑了。

母女两人回去时，在路上三三问母亲："谁是白白脸庞的人？"母亲就照先前一时听人说过的话，告给三三，堡子里总爷家中，如何来了一位城里的病人，样子如何美，性情如何怪。一个乡下人，对于城中人隔膜的程度，在那些描写里是分明易见的，自然说得十分好笑。在平常某个时节，三三对于母亲在叙述中所加的批评与稍稍过分的形容，总觉得母亲说得极其俨然，十分有味，这时不知如何却不相信这话了。

走了一会，三三忽问：

"娘，娘，你见到那个城里白脸人没有呢？"

三三

妈妈说："我怎么会见他？我这几天又不到总爷家里去。"

三三心想："你不见人怎么说了那么半天。"

三三知道妈妈不见到的自己倒早见到了，便把这件事保守秘密，却十分高兴，以为只有自己明白这件事情，此外凡是说到城里人的都不甚可靠。

两人到潭边时，三三又问：

"娘，你见到总爷家管事先生没有？"

若是娘说没有见过，反问她一句，那么，三三就预备把先前遇到总爷家那两个人的一切，都说给妈妈听了。但母亲这时正想及别一个问题，完全不关心三三身上的事，所以三三把昨天的事瞒着母亲，一个字不提。

第二天三三的母亲到堡子里去，在总爷门前，碰着那个从城里来的白脸客人，同总爷的管事先生，在围城边看马打滚。那管事先生告她，说他们昨天曾到碾坊前散步，见到三三。又告给三三母亲说，这客人是从城里来养病的客人。到后就又告给那客人，说这个人就是碾坊的主人杨伯妈。那人说，真很同三小姐相像。那人又说三三长得很好，很聪敏，做母亲的真福气。说了一阵

110

黑凤集

话，把这老妇人说快乐了，在心中展开了一个幻象，想起自己觉得有些近于糊涂的事情，忙匆匆的回转碾坊去，望到三三痴笑。

三三不知母亲为什么今天特别乐，就问母亲到了什么地方，遇着了谁。

母亲想，应当怎么说才好，想了许久才说：

"三三，昨天你见到谁？"

三三说："我见到谁？"

娘就笑了，"三三你记记，晚上天黑时，你不看见两个人吗？"

三三以为是娘知道一切了，就忙说："人有两个，一个是总爷家管事的先生，一个是生人……怎么？"

"不怎么。我告你，那个生人就是城里来的少爷，今天我看见他们，他们说已经同你认识了，所以我们说了许多话。那少爷像个姑娘样子。"母亲说到这里时，想起一件事情好笑。

三三以为妈妈是在笑她，偏过头去看土地上灶马，不理母亲。

母亲说："他们问我要鸡蛋，你下半天送二十个去，好不好？"

三三听到说鸡蛋，打量昨天两个男人说的笑话都为母亲知道了，心里很不高兴，说道："谁去送他们鸡蛋？娘，娘，我说……他们是坏人！"

母亲奇怪极了，问："怎么是坏人？"

三三红了脸不愿答应，母亲说：

"三三，你说什么事？"

迟了许久，三三才说："他们背地里要找总爷做媒，把我嫁给那个白脸人。"

母亲听到这话什么也不说，笑了好一阵。到后估计三三要跑了，才拉着三三说："小报应，管事先生他们说笑话，这也生气吗？谁敢欺侮你？总爷是一堡子的主人，他会为你骂他们！……"

说到后来三三也被说笑了。

三三到后来就告给娘城里人如何怕狗的话，母亲听到不作声，好久以后，才说："三三，你真还像个小丫头，什么也不懂。"

第二天，妈妈要三三送鸡子到总爷家去，三三不说什么，只摇头。妈妈既然答应了人家，就只好亲自送去。

母亲走后，三三一个人在碾坊里玩，玩厌了又到潭边去看白鸭，看了一会鸭子，等候母亲还不回来，心想莫非管事先生同妈妈吵了架，或者天热到路上发了痧？……心里老不自在，回到碾坊里去。

但母亲可仍然回来了，回到碾坊一脸的笑，跨着脚如一个男子神气，坐在小凳上，告给三三如何见到那少爷，那少爷又如何要她坐到那个用粗布做成的软椅子上去，摇着宕着像一个摇篮。怪舒服怪不舒服。又说到城里人说的三三如何不念书，城里女人全念书。又说到……

三三正因为等了母亲大半天，十分不高兴，如今听母亲说的话，莫名其妙，不愿意再听，所以不让母亲说完就走了。走到外边站在溪岸旁，望着清清的溪水，记起从前有人告诉她的话，说这水流下去，一直从山里流一百里，就流到城里了。她这时忖想……什么时候我一定也不让谁知道，就要流到城里去，一进城里就不回来了。但若果当真要流去时，她倒愿意那碾坊，那些鱼，那些鸭子，以及那一匹花猫，同她在一处流去。同时还有她很想母亲永远和她在一处，她才能够安安静静的睡觉。

母亲不见到三三了，站在碾坊门前喊着：

"三三,三三，天气热，你脸上晒出油了，不要远走，快回来！"

三三一面走回来一面就自己轻轻的说："三三不回来了！"

下午天气较热，倦人极了，躺到屋角竹凉床上的三三，耳中听着远处水车陆续的懒懒的声音，迷着眼睛觑母亲头上的髻子，仿佛一个瘦人的脸，越看越活。矇矇眬眬便睡着了。

她还似乎看到母亲包了白帕子，拿着扫帚追赶碾盘，绕屋打着圈儿，就听到有人在外面说话，提起她的名字。

只听人说："三三到什么地方去了，怎么不出来？"

她奇怪这声音很熟，又想不起是谁的声音，赶忙走出去，站在门边打望，才望到原来又是那个白脸的人，规规矩矩坐在那儿钓鱼。过细看了一下，却看到那个钓竿，原来是总爷家管事先生的烟杆。

拿一根烟杆钓鱼，倒是极新鲜的事情，但身旁似乎又已经得到了许多鱼，所以三三非常奇怪。正想走去告母亲，忽然管事先生也从那边来了。

好像又是那一天的那种情景，天上全是红霞，妈妈不在家，自己回来原是忘了把鸡关到笼子里，因此赶忙跑回来捉鸡的。如今碰到这两个人，管事先生同那白脸城里人，都站立在那石墩子上，轻轻的商量一件事情，这两人声音很轻，三三却听得出是一件关于不利于己的行为。因为听到说这些话，又不能嗾人走开，又不能自己走开，三三就非常着急，觉得自己的脸上也像天上的霞一样。

那个管事先生装作正经人样子说："我们是来买鸡蛋的，要多少钱把多少钱。"

那个城里人，也像唱戏小生那么把手一扬，就说："你说错了，要多少金子把多少金子。"

三三因为人家用金子恐吓她，所以说："可是我不卖给你，不想你的钱，你搬你家大块金子到场上去买老鸦蛋罢。"

管事先生于是又说："你不卖行吗？别人卖的凤凰蛋我也不希罕。你舍不得鸡蛋为我做人情，你想想，妈妈以后写庚帖，还少得了管事先生没有？"

那城里人于是又说："向小气的人要什么鸡蛋，不如算了罢。"

三三生气似的大声说："就算我小气也行，我把鸡蛋喂虾米，也不卖给人，因为我们不羡慕别人的金子宝贝。你同别人去说金子，恐吓别人罢。"

可是两个人还不走，三三心里就有点着急，很愿意来一只狗向两个人扑去，正那么打量着，忽然从家里就扑出来一条大狗，全身是白色，大声旺旺的吠着，从自己身边冲过去，凶凶的扑到两人身边去，即刻这两个恶人就落到水里去了。

于是溪里的水起了许多水花，起了许多大泡，管事先生露出一个光光的头在水面，那城里人则长长的头发，缠在贴近水面的柳树根上，情景十分有趣。

可是一会儿水面什么也没有了，原来那两个人在水里摸了许多鱼，上了岸，拍拍身上的水点，把鱼全拿走了。

三三想去告给妈妈，一滑就跌下了。

刚才的事原来是做一个梦。母亲似乎是在灶房煮午饭，因为听到三三梦里说话，才赶出来的。见三三醒了，

黑凤集

摇着她问："三三,三三，你同谁吵闹。"

三三定了一会儿神，望妈妈笑着，什么也不说。

妈妈说："起来看看，我今天为你焖芋头吃。你去照照镜子，脸睡得一片红！"虽然依照母亲说的，去照了镜子，还是一句话不说。人虽早已清醒，还记得梦里一切的情景，到后来又想起母亲说的同谁吵闹的话，才反去问母亲，究竟听到吵闹些什么话。妈妈自然是不注意这些的，所以说听不分明，三三也就不再问什么了。

直到吃饭时，妈妈还说到脸上睡得发红，所以三三就告给老人家先后做了些什么梦，母亲听来笑了半天。

第二次送鸡蛋去时，三三也去了，那时是下午。吃过饭后不久，两人进了总爷家的大院子。在东边偏院里看到城里来的那个客，正躺在廊下藤椅上，眺望天上飞的鸽子。管事的不在家，三三认得那个男子，不大好意思上前去，就逗母亲过去，自己站在月门边等候。母亲上前去时节，三三又为出主意，要妈妈站在门边大声说，"送鸡蛋的来了"，好让他知道。母亲自然什么都照三三主意作去，三三听母亲说这句话，说到第三次，才引起那个白白脸庞的少爷注意，自己就又急又笑。

三三这时是站在月门外边的，从门罅里向里面窥看，只见那白脸人站起身来，又坐下去，正像梦里那种样子，同时就听到这个人同母亲说话，说起天气同别的事情，妈妈一面说话一面尽掉过头来望到三三所在的一边，白脸人以为她就要走去了，便说：

　　"老太太，你坐坐，我同你说话很好。"

　　妈妈于是坐下了，可是同时那白脸的城里人也注意到那一面门边有一个人等候了，"谁在那里，是不是你的小姑娘？"

　　一看情形不好，三三就想跑，可是一回头，却望到管事先生站在身后，不知已站了多久。打量逃走自然是难办到的。末后就被管事先生拉着袖子，牵进小院子来了。

　　听到那个人请自己坐下，听到那个人同母亲说那天在溪边看见自己的情形，三三眼望另一边，傍近母亲身旁，一句话不说。巴不得即刻离开，可是想不出计策可以离开。

　　坐了一会儿，出来了一个穿白袍戴白帽古怪装扮的女人，三三先还以为是个男子，不敢细细的望。到后来听这女人说话，且看她站在城里人身旁，用一根小小管

　　　　　　　　　　　　　　　黑凤集

子塞进那白脸男子口里去，又抓了男子的手捏着，捏了好一会，拿一枝好像笔的东西，在一张纸上写了些什么记号，那少爷问"多少豆"，就听她回答说："同昨天一样。"且因为另外一句话听到这个人笑，才晓得那是一个女人，这时似乎妈妈那一方面，也刚刚才明白这是一个女人，且听到说"多少豆"，以为奇怪，所以两人互相望望都笑了起来。

看着这母女生疏疏的情形，那白袍子女人也觉得好笑，就不即走开。

那白脸城里人说："周小姐，你到这地方来一个朋友也没有，就同这小姑娘做个朋友罢。她家有个好碾坊，在那边溪头，有一个动人的水车，前面一点还有一个好堰堤，你同她做朋友，就可到那儿去玩，还可以钓些鱼回来。你同她去那边林子里玩玩罢，要这小姑娘告你那些花名草名。"

这周小姐就笑着过来，拖了三三的手，想带她走去。三三想不走，望着母亲，母亲却做样子努嘴要她去，不能不走。

可是到了那一边，两人即刻就熟了。那看护把关于乡下的一切，这样那样问了她许多，她一面答着，一面想问那女人一些事情，却找不出一句可问的话，只很希奇的望到那一顶白帽子发笑。

过后听到母亲在那边喊自己的名字，三三也不知道还应当同看护告别，还应当说些什么话，只说妈妈喊我回去，我要走了，就一个人忙忙的跑回母亲身边，同母亲走了。

母女两人回到路上走过了一个竹林，竹林里恰正当晚霞的返照，满竹林是金色的光。三三把一个空篮子戴在头上，扮作钓鱼翁的样子，同时想起总爷家养病服侍病人那个戴白帽子女人，就同妈妈说：

"娘，你看那个女人好不好？"

母亲说，"那一个女人？"

三三好像以为这答复是母亲故意装作不明白的样子，故稍稍有点不高兴，向前走去了。

妈妈在后面说，"三三，你说谁？"

三三就说："我说谁，我问你先前那个女子，你还问我！"

"我怎么知道你是说谁？你说那姑娘，脸庞红红白白的，是说她吗？"

　　三三才停着了脚，等着她的妈。且想起自己无道理处，悄悄的笑了。母亲赶上了三三，推着她的背，"三三，那姑娘长得体面，你说是不是？"

　　三三本来就觉得这人长得体面，听到妈妈先说，所以就故意说，"体面什么？人高得像一条菜瓜，也算体面！"

　　"人家是读过书来的，你不看过她会写字吗？"

　　"娘，那你明天要她拜你做干娘罢。她读过书，娘，你近来只欢喜读书的。"

　　"嗨，你瞧你！我说读书好，你就生气。可是……你难道不欢喜读书的吗？"

　　"男人读书还好，女人读书讨厌唰。"

　　"你以为她讨厌，那我们以后讨厌她得了。"

　　"不，干吗说'讨厌她得了？'你并不讨厌她！"

　　"那你一人讨厌她好了。"

　　"我也不讨厌她！"

　　"那是谁该讨厌她？三三，你说。"

　　"我说，谁也不该讨厌她。"

　　母亲想着这个话就笑，三三想着也笑了。

三三于是又匆匆的向前走去，因为黄昏太美了，三三不久又停顿在前面枫树下了，还要母亲也陪她坐一会，送那片云过去再走。母亲自然不会不答应的。两人坐在那石条子上，三三把头上的竹篮儿取下后，用手整理到头发，就又想起那个男人一样短短头发的女人。母亲说："三三，你用围裙揩揩脸，脸上出汗了。"三三好像不听到妈妈的话，眺望另一方，她心中出奇，为什么有许多人的脸，白得像茶花。她不知不觉又把这个话同母亲说了，母亲就说，这就是他们称呼为城里人的理由，不必擦粉脸也总是很白的。

　　三三说："那不好看"，母亲也说"那自然不好看"。三三又说："宋家的黑子姑娘才真不好看。"母亲因为到底不明白三三意思所在，所以再不敢搀言，就只貌作留神的听着，让三三自己去作结论。

　　三三的结论就只是故意不同母亲意见一致，可是母亲若不说话时，自己就不须结论，也闭了口，不再作声了。

　　另外某一天，有人从大寨里挑谷子来碾坊的，挑谷子的男人走后，留下一个女人在旁边照料一切。这女人具一种欢喜说话的性格，且不久才从六十里外一个寨上吃喜酒回来，有一肚子的故事，同许多消息，得同一个人说说才舒服，所以就拿来与碾坊母女两人说。母亲因为自己有一个女儿，有些好奇的理由，专欢喜问人家到什么地方吃喜酒，看到些什么体面姑娘，看到些什么好嫁装。她还明白，照例三三也愿意听这些故事。所以就向那个人，问了这样又问那样，要那人一五一十说出来。

三三听到这些话，却静静的坐在一旁，用耳朵听着，一句话不说，有时说的话那女人以为不是女孩子应当听的，声音较低时，三三就装作毫不注意的神气，用绳子结连环玩，实际上仍然听得清清楚楚。因为听到些怪话，三三忍不住要笑了，却别过头去悄悄的笑，不让那个长舌妇人注意。

到后那两个老太太，自然而然就说到总爷家中的来客，且说及那个白袍白帽的女人了。那妇人说：她听说这白帽白袍女人，是用钱雇来的一个女人，雇来照料到那个少爷，好几两银子一天。但她却又以为这话不十分可靠，她以为这人一定就是城里人的少奶奶，或者小姨太太。

三三的妈妈意见却同那人的恰恰相反，她以为那白袍女人，决不是少奶奶。

　　那妇人就说："你怎么知道决不是少奶奶？"

　　三三的妈说："怎么会是少奶奶。"

　　那人说："你告我些道理。"

　　三三的妈说："自然有道理，可是我说不出。"

　　那人说："你又不看到，你怎么会知道。"

　　三三的妈说："我怎么不看到……"

　　两人争着不能解决，又都不能把理由说得完全一点，尤其是三三的母亲，又忘记说是听到过那少爷喊叫过周小姐的话，来用作证据，三三却记到许多话，只是不高兴同那个妇人去说，所以三三就用别种的方法打乱了两人不能说清楚的问题。三三说："娘，莫争这些事情，帮我洗头罢，我去热水。"

　　到后那妇人把米碾完挑走了，把水热好了的三三，坐在小凳上一面解散头发，一面带着抱怨神气向她娘说：

　　"娘，你真奇怪，欢喜同那老婆子说空话。"

　　"我说了些什么空话？"

　　"人家媳妇不媳妇管你什么事。"

…………

母亲想起什么事来了，抿着口痴了半天，轻轻的叹了一口气。

过几天，那个白帽白袍的女人，却同总爷家一个小女孩子到碾坊来玩了。玩了大半天，说了许多话，妈妈因为第一次有这么一个客人，所以走出走进，只想杀一只母鸡留客吃饭，但又不敢开口，所以十分为难。

三三则把客人带到溪下游一点有水车的地方去，玩了好一阵，在水边摘了许多金针花，回来时又取了钓竿，搬了凳子，到溪边去陪白帽子女人钓鱼。

溪里的鱼好像也知道凑趣。那女人一根钓竿，一会儿就得了四只大鲫鱼，使她十分欢喜。到后应当回去了，女人不肯拿鱼回去，母亲可不答应，一定要她拿去。并且因为白帽子女人说南瓜子好吃，就又另外取了一口袋的生瓜子，要同来的那个小女孩代为拿着。

再过几天那白脸人同总爷家管事先生，也来钓了一次鱼，又拿了许多礼物回去。

再过几天那病人却同女人在一块儿来了，来时送了一些用瓶子装的糖，还送了些别的东西，使主人不知如何措置手脚。因为不敢留这两个尊贵人吃饭，所以到两人临走时，三三母亲还捉了两只活鸡，一定要他们带回去。两人都说留到这里生蛋，用不着捉去，还不行，到后说等下一次来再杀鸡，那两只鸡才被开释放下了。

自从这两个客人到碾坊这次以后，碾坊里有点不同过去的样子，母女两人说话，提到"城里"的事情就渐渐多了，城里是什么样子，城里有些什么好处，两人本来全不知道。两人用总爷家的派头，同那个白脸男子白袍女人的神气，以及平常从乡下人听来的种种，作为想像的根据，摹拟到城里的一切景况，都以为城里是那么一种样子：一座极大的用石头垒就的城，这城里就有许多好房子，每一栋好房子里面住了一个老爷同一群少爷，每一个人家都有许多成天穿了花绸衣服的女人，装扮得同新娘子一样，坐在家中房里，什么事也不必作。每一个人家，屋子里一定都有许多跟班同丫头，跟班的坐在大门前接客人的名片，丫头便为老爷剥莲心去燕窝的毛。城里一定有很多条大街，街上全是车马，城里有洋人，脚干直直的，就在这类大街上走来走去。城里还有大衙门，许多官如包龙图一样，威风凛凛，一天审案到夜，夜了还得点了灯审案。城里还有铺子，卖的是各样希奇古怪的东西。城里一定还有许多庙，庙里成天有人唱戏，成天也有人看戏，看戏的全是坐在一条板凳上，一面看戏一面剥黑瓜子。

自然这些情形都是实在的。这想像中的都市，像一个故事一样动人，保留在母女两人心上，却永远不使两人痛苦。她们在自己习惯中得到幸福，却又从幻想中得到快乐，所以若说过去的生活是很好的，那到后来可说是更好了。

但是，从另外一些记忆上，三三的妈妈却另外还想起了一些事情，因此有好几回同三三说话到城里时，却忽然又住了口不说下去。三三询问这是什么意思，母亲就笑着，仿佛意思就只是想笑一会儿，什么别的意思也没有。

三三可看得出母亲笑中有原因，但总没有方法知道这另外原因是件什么事情。或者是妈妈预备要搬进城里，或者是做梦到过城里，或者是因为三三长大了，背影子已像一个新娘子了，妈妈惊讶着，这些躲在老人家心上一角儿的事可多着呐。三三自己也常常发笑，且不让母亲知道那个理由。每次到溪边玩，听母亲喊"三三你回来罢"，三三一面走一面总轻轻的说："三三不回来了，三三永不回来了。"为什么说不回来，不回来又到什么地方来落脚，三三不曾认真打量过。

有时候两人都说到前一晚上梦中去过的城里，看到大衙门大庙的情形，三三总以为母亲到的是一个城里，她自己所到又是一个城里。城里自然有许多，同寨子差不多一样，这个三三老早就想到了的。三三所到的城里一定比母亲所到的还远一点，因为母亲凡是梦到城里时总以为同总爷家那堡子差不多，只不过大了一点，却并不很大。三三因为听到那白帽子女人说过，一个城里看护至少就有两百，所以她梦到的就是两百个白帽子人的城里！

妈妈每次进寨子送鸡蛋去，总说他们问三三，要三三去玩，三三却怪母亲不为她梳头。但有时头上辫子很好，却又说应当换干净衣服才去。一切都好了，三三却常常临时又忽然不愿意去了。母亲自然是不强着三三的，但有几次母亲有点不高兴了，三三先说不去，到后又去，去到那里，两人是都很快乐的。

　　人虽不去大寨，等待妈妈回来时，三三总很愿意听听说到那一面的事情。母亲一面说，一面注意三三的眼睛，这老人家懂得到三三心事。她自己以为十分懂得三三，所以有时话说得也稍多了一点，譬如关于白帽子女人，如何照料白脸男子那一类事，母亲说时总十分温柔，同时看三三的眼睛，也照样十分温柔，于是，这母亲，忽然又想到了远远的什么一件事，不再说下去，三三也想到了另外一件事，不必妈妈说话了，这母女二人就沈默了。

　　总爷家管事，有次过碾坊来了，来时三三已出到外边往下溪水车边采金针花去了。三三回碾坊时，望到母亲同那个管事先生商量什么似的在那里谈话，管事一见到三三，就笑着什么也不说。三三望望母亲的脸，从母亲脸上颜色，她看出像有些什么事，很有点凑巧。

　　那管事先生见到三三就说："三三，我问你，怎么不到堡子里去玩，有人等你！"

　　三三望望自己手上那一把黄花，头也不抬说："谁也不等我。"

管事先生说："你的朋友等你。"

"没有人是我的朋友。"

"一定有人！"

"你说有就有罢。"

"你今年几岁，是不是属龙的？"

三三对这个谈话觉得有点古怪，就对妈妈看着，不即作答。

管事先生却说："你不说我也知道，你妈妈还刚刚告我，四月十七，你看对不对？"

三三心想，四月十七五月十八你都管不着，我又不希罕你为我拜寿。但因为听说是妈妈告的，三三就奇怪，为什么母亲同别人谈这些话。她就对母亲把小小嘴唇扁了一下，怪着她不该同人说起这些，本来折的花应送给母亲，也不高兴了，就把花放在休息着的碾盘旁，跑出到溪边，拾石子打飘飘梭去了。

不到一会儿，听到母亲送那管事先生出来了，三三赶忙用背对着大路，装着眺望溪对岸那一边牛打架的样子，好让管事先生走去。管事先生走去。管事先生见三三在水边，却停顿到路上，喊三姑娘，喊了好几声，三三还故意不理会，又才听到那管事先生笑着走了。

　　管事先生走后，母亲说："三三，进屋里来，我同你说话。"三三还是装作不听到，并不回头，也不作答。因为她似乎听到那个管事先生，临走时还说，"三三你还得请我喝酒"，这喝酒意思，她是懂的，所以不知为什么，今天却十分不高兴这个人。同时因为这个人同母亲一定还说了许多话，所以这时对母亲也似乎不高兴了。

　　到了晚上，母亲因为见三三不大说话，与平时完全不同了，母亲说："三三，怎么，是不是生谁的气？"

　　三三口上轻轻的说："没有。"心里却想哭一会儿。

　　过两天，三三又似乎仍然同母亲讲和了，把一切事都忘掉了，可是再也不提到大寨里去玩，再也不提醒母亲送鸡蛋给人了，同时母亲那一面，似乎也因为了一件事情，不大同三三提到城里的什么，不说是应当送鸡蛋到大寨去了。

　　日子慢慢的过着，许多人家田堤的新稻，为了好的日头同恰当的雨水，长出的禾穗皆垂了头。有些人家的新谷已上了仓，有些人家摘着早熟的禾线，舂出新米各处送人尝新了。

因为寨子里那家嫁女的好日子快到了，搭了信来接母女两人过去陪新娘子，母亲正新给三三缝了一件葱绿布围裙，要三三去住两天。三三没有什么理由可以说不去，所以母女两人就带了些礼物到寨子里来了。到了那个嫁女的家里，按照一乡的风气，在女人未出阁以前，有展览装奁的习惯，一寨子的女人都可来看，所以就见到了那个白帽子的女人。她因为在乡下除了照料病人就无什么事情可作，所以一个月来在乡下就成天同乡下女人玩玩，如今随同别的女人来看嫁装，所以就碰到了这母女两人。

　　一见面，这白帽子女人便用城里人的规矩，怪三三母亲，问为什么多久不到总爷家里来看他们，又问三三，为什么忘了她，这母女两人自然什么也不好说，只按照一个乡下人的方法，望到略显得黄瘦了的白帽子女人笑着。后来这白帽子的女人就告给三三妈妈，说病人的病还不甚么好，城里医生来了一次，以为秋天还要换换地方，预备八月里回城去，再要到一个顶远的有海的地方去养息。因为不久就要走了，所以她自己同病人，都很想念母女两人，同那个小小碾坊。

132　　　　　　　　　　　　　　　　　　　　黑凤集

这白帽子女人又说，曾托过人带信要她们来玩的，不知为什么她们不来。又说，她很想再来碾坊那小潭边钓鱼，可是因为天气热了一点，不出门。

这白帽子女人，看见三三的新围裙，裙上还扣了朵小花，就说：

"三三，你这个围腰真美，妈妈自己作的是不是？"

三三却因为这女人一个月以来脸晒红多了，就只望着这个人的红脸好笑。

母亲说："我们乡下人，要什么讲究东西，只要穿得上身就好了。"因为母亲的话不大实在，三三就轻轻的接下去说，"可是改了三次。"

那白帽女人听到这个话，向母女笑着，"老太太你真有福气，做你女儿的也真有福气"。

"这算福气吗？我们乡下人那里比得城里人好。"

因为有两个人正抬了一盒礼过去，三三追过去想看看是什么时，白帽子女人望着三三的背影，"老太太，你三姑娘陪嫁的，一定比这家还多"。

母亲也望那一方说，"我们是穷人，姑娘嫁不出去的。"

这些话三三都听到，所以看完了那一抬礼，还不即过来。

　　说了一阵话，白帽子女人想邀母女两人到总爷家去看看病人，母亲见三三神气有点不高兴，同时且想起是空手，乡下人照例不好意思空手进人家大门，所以就答应过两天再去。

　　又过了几天，母女二人在碾坊，因为谈及新娘子敷水粉的事情，想起白帽子女人的脸，一到乡下后就晒红了许多的情形，且想起那天曾答应人家的话了，所以妈妈问三三，什么时候高兴去寨子里总爷家看"城里人"。三三先是说不高兴，到后又想了一下，去也不什么要紧，就答应母亲，不拘那一天去都行。既然不拘什么时候，那么，自然第二天就可以去了。

　　因为记起那白帽子女人说的话，很想来碾坊玩，所以三三要母亲早上同去，好就便邀客来，到了晚上再由三三送客回去，母亲却因为想到前次送那两只鸡，客答应了下次来吃，所以还预备早早的回来，好杀鸡款客。

　　一早上，母女两人就提了一篮鸡蛋，向大寨走去。过桥，过竹林，过小小山坡，道旁露水还湿湿的，金铃子像敲钟一样，叮叮的从草里发出声音来，喜鹊喳喳的叫着从头上飞过去。母亲走在三三的后面，看到三三苗条如一根笋子，拿着棍儿一面走一面打道旁的草，记起从前总爷家管事先生问过她的话，不知道究竟是什么意思。又想到几天以前，白帽子女人说及的话，就觉得这些从三三日益长大快要发生的事，不知还有许多。

她零零碎碎就记起一些属于别人的印象来了……一顶凤冠，用珠子穿好的，搁到谁的头上？二十抬贺礼，金锁金鱼，这是谁？……床上撒满了花，同百果莲子枣子，这是谁？……四个奶妈还说不合式，这是谁？……那三三是不是城里人？……

若不是滑了一下，向前一窜，这梦还不知如何放肆做下去。

因为听妈妈口上连作呸呸，三三才回过头来，"娘，你怎么，想些什么，差点儿把鸡蛋篮子也摔了。你想些什么？"

"我想我老了，不能进城去看世界了。"

"你难道欢喜进城吗？"

"你将来一定是要到城里去的！"

"怎么一定？我偏不上城里去！"

"那自然好极了。"

两人又走着，三三忽然又说："娘，娘，为什么你说我要到城里去？"

母亲忙说："你不去城里。我也不去城里，城里天生是为城里人预备的，我们自然有我们的碾坊，不会离开。"

不到一会儿，就望到大寨那门楼了，总爷家在大寨南方，门前有许多大榆树和梧桐，两人进了寨门向南走，快到走到时，就望见榆树下面，有许多人站立，好像在看热闹，其中还有些人，忙手忙脚的搬移一些东西，看情形一定是总爷家发生了什么事情，或者来了远客，或者还有别的原因，所以母女两人也不什么出奇，依然慢慢的走过去。三三一面走一面说："莫非是衙门的官来了，娘，我在这里等你，你先过去看看罢。"妈妈随随便便答应着，心里觉得有点蹊巧，就把篮子放下要三三等着，自己赶上前去了。

这时恰巧有个妇人抱了自己孩子向北走，预备回家去，看到三三了，就问，"三三，怎么你这样早，有些什么事？"但同时却看到了三三篮里的鸡蛋了，"三三，你送谁的礼呢？"

三三说："随便带来的。"因为不想同这人说别的话，于是低下头去，用手攀弄那个盘云的葱绿围腰扣子。

那妇人又说："你妈呢？"

三三还是低着头用手向南方指着，"过那边去了"。

那女人说："那边死了人。"

"是谁死了？"

"就是上个月从城中搬来在总爷家养病的少爷，只说是病，前一些日子还常常同管事先生出外面玩，谁知就死了。"

三三听到这个，心里一跳，心想，"难道是真话吗？"

这时，母亲从那边也知道消息了，匆匆忙忙的跑回来，心门口童童跳着，脸儿白白的，到了三三跟前，什么话也不说，拉着三三就走。好像是告三三，又像是自言自语的说："就死了，就死了，真不像会死！"

但三三却立定了，三三问："娘，那白脸先生死了吗？"

"都说是死了的。"

"我们难道就回去吗？"

母亲想想，"真的，难道就回去？"

因此母女两人又商量了一下，还是到总爷家去看看，知道知道究竟是什么原因，三三且想见见那白帽子女人，找到白帽子女人一切就明白了，但一走进总爷家门边，望见许多人站在那里，大门却敞敞的开着，两人又像怕人家知道她们是来送礼的，不敢进去，在那里就听许多人说到这个白脸人的一切，说到那个白帽子女人，称呼她为病人的媳妇，又说到别的，都显然证明这些人并不同这两个城里人有什么熟识。

三三脸白白的拉着妈妈的衣角，低声的说"娘，走"，两人就走了。

…………

到了磨坊，因为有人挑了谷子来在等着碾米，母亲提着蛋篮子进去了，三三站立溪边，眼望一泓碧流，心里好像掉了什么东西，极力去记忆这失去的东西的名称，却数不出。

母亲想起三三了，在里面喊着三三的名字，三三说："娘，我在看虾米呢。"

"来把鸡蛋放到坛子里去，虾米在溪里可以成天看！"因为母亲那么说着，三三只好进去了。水闸门的闸板已提起，磨盘正开始在转动，母亲各处找寻油瓶，为碾盘轴木加油，三三知道那个油瓶挂在门背后，却不做声，尽母亲乱乱的各处去找。三三望着那篮子，就蹲到地下去数篮里的鸡蛋，数了半天，后来碾米的人，问为什么那么早拿鸡蛋往别处去送谁，三三好像不曾听到这个话，站起身来又跑出去了。

起八月五日讫九月十七日（青岛）本文廿年青岛写成，卅年十一月在昆明重看。前后相去已十年，人生实可悲悯。

三三

贵生

　　贵生在溪沟边磨他那把镰刀，锋口磨得亮堂堂的。手试一试刀锋后，又向水里随意砍了几下。秋天来溪水清个透亮，活活的流，许多小虾子脚攀着一根草，在水里游荡，有时又躬着个身子一弹，远远的弹去，好像很快乐。贵生看到这个也很快乐。天气极好，正是城市里风雅人所说"秋高气爽"的季节，贵生的镰刀如用得其法，也就可以过一个有鱼有肉的好冬天。秋天来遍山土坎上芭茅草开着白花，在微风里轻轻的摇，都仿佛向人招手似的说，"来，割我，乘天气好磨快了你的刀，快来割我，挑进城里去，八百钱担，换半斤盐好，换一斤肉也好，随你的意！"贵生知道这些好处。并且知道五担草就能够换个猪头，揉四两盐腌起来，那对猪耳朵，也够下酒两三次！一个月前打谷子时，各家田里放水，人人用鸡笼在田里罩肥鲤鱼，贵生却磨快了他的镰刀，点上火把，半夜里一个人在溪沟里砍了十来条大鲤鱼，全用盐揉了，挂在灶头用柴烟熏。现在磨刀，就准备割草，挑上城去换年货，正像俗话说的：两手一肩，快乐神仙。村子里住的人，几年来城里东西样样贵，生活已大不如从前。可是一个单身汉子，年富力强，遇事肯动手，又不胡来乱为，过日子总还容易。

贵生住的地方离大城廿里，离张五老爷围子两里。五老爷是当地财主，近边山坡田地大部分归五老爷管业，所以做田种地的人都与五老爷有点关系。五老爷要贵生做长工，贵生以为做长工不是住围子就得守山，行动受管束，不大愿意。自己用镰刀砍竹子，剥树皮，搬石头，在一个小土坡下，去溪水不远处，借五老爷土地砌了一重小房子，帮五老爷看守两个种桐子的山坡，作为借地住家的交换，住下来他砍柴割草为生。春秋二季农事当忙时，有人要短工帮忙，他邻近五里无处不去帮忙（食量抵两个人，气力也抵两个人）。逢年过节村子里头行人捐钱扎龙灯上城去比赛，他必在龙头前斗宝，把个红布绣球舞得一团火似的，受人喝彩。春秋二季答谢土地，村中人合伙唱戏，他扮王大娘补缸的补缸匠，卖柴扒的程咬金。他欢喜喝一杯酒，可不同人酗酒打架。他会下盘棋，可不像许多人那样变棋迷。间或也说句笑话，可从不用口角伤人。为人稍微有点子憨劲，可不至于傻相。有时到围子里去，五老爷送他一件衣服，一条裤子，或半斤盐，他心中不安，必在另外一时带点东西去补偿。他常常进城去卖柴卖草，就把钱换点应用东西。城里尚有个五十岁的老舅舅，给大户人家作厨子，不常往来，两人倒很要好。进城看望舅舅时，他照例带点礼物，不是一袋胡桃，一袋栗子，就是一只山上装套捕住的黄鼠狼，或是一只野鸡。到城里有时住在舅舅处，那舅舅晚上无事，必带他上河沿天后宫去看夜戏，消夜时还请他吃一碗牛肉面。

在乡下，远近几里村子上的人，都和他相熟，都欢喜他。他却乐意到离住处不远桥头一个小生意人铺子里去。那开杂货铺的老板是浦市人，本来飘乡作生意，每月一次，挑货物各个村子里去和乡下人讲买卖，吃的用的全卖。到后来看中了那个桥头，知道官路上往来人多，与其从城里打了货四乡跑，还不如在桥头安个家。一面作各乡生意，一面搭个亭子给过路人歇脚，就近作过路人买卖。因此就在桥头安了家。住处一定，把老婆和一个十三岁的小女孩也接来了。浦市人本来为人和气，加之几年来与附近各村子各大围子都有往来，如今来在桥头开铺子，生意发达是很自然的。那老婆照浦市人中年妇女打扮，头上长年裹一块长长的黑色绉绸首帕，把眉毛拔得细细的。见男的必称大哥，女的称嫂子，待人特别殷勤。因此不到半年，桥头铺子不特成为乡下人买东西地方，并且也成为乡下人谈天取乐地方了。夏天桥头有三株大青树，特别凉爽。冬天铺子里土地上烧得是大树根和油枯饼，火光熊熊——真可谓无往不宜。

贵生与铺子里人大小都合得来，那杂货铺老板娘待他很好，他对那个女儿也很好。山上多的是野生瓜果，栗子榛子不出奇，三月里他给她摘大莓，六月里送她地枇杷，八九月里还有出名当地，样子像干海参，瓤白如玉如雪的八月瓜，尤其逗那女孩子欢喜。女孩子名叫金凤。那老板娘一年前因为回浦市去吃喜酒，害蛇钻心病死掉了，杂货铺充补了个毛伙，全身无毛病，只因为性情活跳，取名叫做癞子。

贵生不知为什么总不大欢喜那癞子，两人谈话常常顶板，癞子老是对他嘻嘻笑。贵生说："癞子，你若在城里，你是流氓；你若在书上，你是奸臣。"癞子还对他笑。贵生不欢喜癞子，那原因杂货铺老板倒知道，因为贵生怕癞子招亲，从帮手改驸马。

贵生其时正在溪水边想癞子会不会作"卖油郎"，围子里有人搭口信来，说五爷下乡了，要贵生去看看南山桐子，熟了没有。看过后去围子里回话。

贵生听了信，即刻去山上看桐子。

贵生上了山，山上泥土松松的，一下脚，大而黑的油岖岖，小头尖尾的金铃子，各处乱蹦。几个山头看了一下，只见每株树枝都被饱满坚实的桐木油果压得弯弯的。好些已落了地，山脚草里到处都是。因为一个土塍上有一片长藤，上面结了许多颜色乌黑的东西，一群山喜鹊喳喳的叫着，知道八月瓜已成熟了，赶忙跑过去。山喜鹊见人来就飞散了，贵生拟把藤上八月瓜全摘下来，装半斗笠，带回去给桥头人吃。

贵生看过桐子，晚半天天气还早，就往围子去禀告五爷。

到围子时，见院里搁了一顶轿子，几个脚夫正闭着眼蹲在石碌碡上吸旱烟管。贵生一看知道城里另外来了人，转身往仓房去找鸭毛伯伯。鸭毛伯伯是五老爷围子里老长工，每天坐在仓房边打草鞋。仓房不见人，又转往厨房去，才见着鸭毛伯伯，正在小桌边同几个城里来的年青伙子坐席，用大提子从黑色瓮缸里舀取烧酒，煎干鱼下酒。见贵生来就邀他坐下，参加他们的吃喝。原来新到围子的是四爷，刚从河南任上回城，赶来看五爷，过几天又得往河南去。几个人正谈到五爷和四爷在任上的种种有趣故事。

一个从城里来的小秃头，老军务神气，一面笑一面说：

"人说我们四老爷实缺骑兵旅长是他自己玩掉的。一个人爱玩，衣禄上有一笔账目，不玩销不了账，死后下一生还是玩。上年军队扎在汝南地方，一个月他玩了八个，把那地方尖子货全用过了，还说：这是什么鬼地方，女人都是尿脬做成的，要不得。一身白得像灰面，松塌塌的，一点儿无意思，还装模作态，这样那样。你猜猜花多少钱。四十块一夜，除王八外块不算数。你说，年青人出外胡闹不得，我问你，我们想胡闹，成不成？一个月七块六，火食三块三除外还剩多少？不剃头，不洗衣，留下钱来一年还不够玩一次，我的伯伯，你就让我胡闹我从那里闹起！"

另一高个儿将爷说：

"五爷人倒好，这门路不像四爷乱花钱。玩也玩得有分寸，一百八十随手撒，总还定个数目。"

鸭毛伯伯说：

"牛肉炒韭菜，各人心里爱。我们五爷花姑娘弄不了他的钱，花骨头可迷住了他。往年同老太太在城里住，一夜输二万八，头家跟五爷上门来取话，老太太爱面子，怕五爷丢丑，以后见不得人，临时要我们从窖里挖银子，元宝一对一对刨出来，点数给头家。还清了债，笑着向五爷说，不要紧，手气不好，莫下注给人当活元宝啃，说张家出报应！"

"别人说老太太是呕气病死的。"

146

"可不是。花三万块钱挣了一个大面子，明明白白五爷上了人的当，怎不生气？病了四十天，完了，死了。"

"可是五爷为人有义气，老太太死时，他办丧事做了七七四十九天道场，花了一万六千块钱，谁不知道这件事。都说老太太心好命好，活时享受不尽，死后还带了万千元宝锞子，四十个丫头老妈子照管箱笼，服侍她老人家一直往西天，热闹得比段老太太出丧还人多，执事挽联一里路长。有个孝子尽孝，死而无憾。"

鸭毛伯伯说：

"五爷怕人笑话，所以做面子给人看。因为老太太爱面子，五爷又是过房的，一过来就接收偌大一笔产业，老太太如今归天了，五爷花钱再多也应该。花了钱，不特老太太有面子，五爷也有面子。人都以为五爷傻，他才真不傻！若不是花骨头迷心，他有什么可愁的。"

"不多久在城里听说又输了五千，后来想冲一冲晦气，要在潇湘馆给那南花湘妃挂衣，六百块钱包办一切，还是四爷帮他同那老婊子说妥的。不知为什么，五爷自己临时变卦，去美孚洋行打那三抬一的字牌，一夜又输八百。六百给那'花王'开苞他不干，倒花八百去熬一夜，坐一夜三顶拐轿子，完事时给人开玩笑说：谢谢五爷送礼。真气坏了四爷。"

"花脚狗不是白面猫，各有各的脾气。银子到手哗喇哗喇花，你说莫花，这那成！钱财是命里带来的；命里注定它要来，门板挡不住；命里注定它要去，索子链子缚不住。王皮匠检了锭银子，睡时搂到怀里睡，醒来银子变泥巴。你我的命和黄花姑娘无缘，和银子无缘，就只和酒有点缘分，我们喝完了这碗酒，再喝一碗罢。贵生，同我们喝一碗，都是哥子弟兄，不要拘拘泥泥。"

贵生不想喝酒，捧了一大包板栗子，到灶边去，把栗子放在热灰里煨栗子吃。且告给鸭毛伯伯，五爷要他上山看桐子，今年桐子特别好，过三天就是白露，要打桐子也是时候了。那一天打，定下日子，他好去帮忙。看五爷还有不有话吩咐，无话吩咐，他回家了。

鸭毛伯伯去见五爷禀白："溪口的贵生已经看过了桐子，山向阳，今年霜降又早，桐子全熟了，要检桐子差不多了。贵生看五爷还有什么话告他。"

五爷正同城里来的四爷谈卜术相术，说到城里中街一个杨半痴，如何用哲学眼光推人流年吉凶和命根贵贱，把个五爷说的眉飞色舞。听说贵生来了，就要鸭毛叫贵生进来有话说。

贵生进院子里时，担心把五爷地板弄脏，赶忙脱了草鞋，赤着脚去见五爷。

五爷说："贵生，你看过了我们南山桐子吗？今年桐子好的很，城里油行涨了价，挂牌二十二两三钱，上海汉口洋行都大进，报上说欧洲整顿海军，预备世界大战，买桐油漆大战舰，要的油多。洋毛子欢喜充面子，不管国家穷富，军备总不愿落人后。仗让他们打，我们中国可以大发洋财！"

贵生一点不懂五爷说话的用意，只是呆呆的带着一点敬畏之忱站在堂屋角上。

鸭毛伯伯打圆儿说："五爷，我们什么时候打桐子？"

五爷笑着："要发洋财得赶快，外国人既等着我们中国桐油油船打仗，还不赶快一点？明天打后天打都好。我要自己去看看，就便和四爷打两只小毛兔玩；贵生，今年南山兔子多不多？趁天气好，明天去罢。"

贵生说："五爷，您老说明天就明天，我家里烧了茶水，等五爷四爷累了歇个脚。没有事我就走了。"

五爷说:"你回去罢。鸭毛,送他一斤盐两斤片糖,让他回家。"

贵生谢了谢五爷,正转身想走出去,四爷忽插口说:"贵生,你成了亲没有?"一句话把贵生问得不知如何回答,望着这退职军官把头摇着,只是呆笑。他心中想起几句流行的话语:"婆娘婆娘,磨人大王,磨到三年,嘴尖毛长。"

鸭毛接口说:"我们劝他看一门亲事,他怕被人迷住了,不敢办这件事。"

四爷说:"贵生,你怕什么?女人有什么可怕?你那样子也不是怕老婆的。我和你说,看中了什么人,尽管把她弄进屋里来。家里有个妇人对你有好处,你不明白。尽管试试看,不用怕!"

贵生还是呆笑,因为记起刚才在厨房里几个人的谈话,所以轻轻的说:"一个人有一个人的命,勉强不来。"随即缩着肩膀同鸭毛走了。

四爷向五爷笑着说:"五爷,贵生相貌不错,你说是不是?"

五爷说:"一个大憨子,讨老婆进屋,我恐怕他还不会和老婆做戏！"

　　贵生拿了糖和盐回家，绕了点路过桥头杂货铺去看看，到桥头才知道当家的已进城办货去了，只剩下金凤坐在酒坛边纳鞋底。见了贵生，很有情致的含着笑看了他一眼。贵生有点不大自然，站在柜前摸出烟管打火吸烟，借此表示从容，"当家的快回来了？"

　　金凤说："贵生，你也上城了吧，手里拿的是什么？"

　　"一斤盐，一斤糖，五老爷送我的。我到围子里去告他们打桐子。"

　　"你五老爷待人好。"

　　"城里四老爷也来了，还说明天要来山上打兔子。……"贵生想起四爷说的一番话，咕咕的笑将起来。

　　金凤不知什么好笑，问贵生："四爷是个什么样人物？"

　　"一个军官，欢喜玩耍，听说做过军长，司令官，欢喜玩，把官也玩掉了。"

　　"有钱的总是这样过日子，做官的和开铺子的都一样。我们浦市源昌老板，十个大木簰从洪江放到桃源县，一个夜里这些木簰就完了。"

贵生知道这个故事，男的说起这个故事时，照例还得说是木簰流进妇人"孔"里去的。所以贵生失口说，"都是女人。"

金凤脸绯红，向贵生瞅着："怎么，都是女人！你见过多少女人！女人也有好坏，和你们男子一样，不可一概而论！"

其时，正有三个过路人，过了桥头到铺子前草棚下，把担子从肩上卸下来，取火吸烟，看有什么东西可吃。买了一碗酒，三人共同喝酒。贵生预备把话和金凤接下去，不知如何说好。三个人不即走路，他就到桥下去洗手洗脚。过一阵走上来时，见三人正预备动身，其中一个顶年青的，很多情似的，向金凤瞟着个眼睛，只是笑。掏钱时故意露出扣花抱肚上那条大银链子，且自言自语说："银子千千万，难买一颗心。易求无价宝，难得有情郎。"三人走后金凤低下头坐在酒坛上出神，一句话不说。贵生想把先前未完的话接续说下去，无从开口。

到后看天气很好，方说："金凤，你要栗子，这几天山上油板栗全爆口了。我前天装了个套机，早上去看，一只松鼠正拱起个身子，在那木板上嚼栗子吃，见我来

152　　　　　　　　　　　　　　　　　　黑凤集

了不慌不忙的一溜跑去，好笑。你明天去检栗子吧，地下多得是！"

金凤不答理他，依然为先前过路客人几句轻薄话生气。贵生不大明白。于是又说："你记不记得在我砂地上偷栗子，不是跑得快，我会打断你的手！"

金凤说："我记得我不跑。我不怕你！"

贵生说："你不怕我，我也不怕你！"

金凤笑着："现在你怕我。"

贵生好像懂得金凤话中的意思，向金凤迷迷笑，心里回答说，"我不怕。"

毛伙割了一大担草回来了，一见贵生就叫唤："贵生，你不说上山割草吗？"

贵生不理会，却告给金凤，在山上找得一大堆八月瓜，她想要，明天自己去拿。因为明天打桐子，他上山去帮忙，五爷四爷又说要来赶兔子，恐怕没空闲。

贵生走后毛伙说："金凤，这憨子，人大空心小。"

金凤说："莫乱说，他生气时会打死你。"

毛伙说："这种人不会生气。"

第二天，天一亮，贵生带了他的镰刀上山去。山脚雾气平铺，犹如展开一片白毯子，越拉越宽，也越拉越薄。远远的看到张家大围子嘉树成荫，几株老白果树向空挺立，更显得围子里家道兴旺。一切都像浮在云雾上头，缥缈而不固定，他想围子里的五爷四爷说不定还在睡觉做梦！

可是一会儿田塍上就有马项铃哴啷哴啷响，且闻人语嘈杂，原来五爷四爷居然赶早都来了。贵生慌忙跑下坡去牵马。来的一共是十六个长工，十二个女工，四个跟随，还有几个检荒的小孩子。大家一到地即刻就动起手来，从顶上打起，有的爬树，有的用竹竿巴巴的打，草里泥里到处滚着那种紫红果子。

四爷五爷看了一会儿，就厌烦了，要贵生引他们到家里去。家里灶头锅里的水已沸了，鸭毛给四爷五爷冲茶喝。四爷见斗笠里那一堆八月瓜，拿起来只是笑。

"五爷，你瞧这像个什么东西。"

"四爷，你真是孤陋寡闻，八月瓜也不认识。"

"我怎么不认识？我说它简直像女人的小……"

贵生因为预备送八月瓜给金凤，耳听到四爷说了那么一句粗话，心里不自在，顺口说道：

黑凤集

"四爷五爷欢喜，带回去吃罢。"

五爷取了一枚，放在热灰里煨了一会儿，拣出来剥去那层黑色硬壳，挖心吃了。四爷说那东西腻口甜不吃，却对于贵生家里一支钓鱼杆称赞不已。

四爷因此从钓鱼谈起，溪里，河里，江里，海里，以及北方芦田里钓鱼的方法，如何不同，无不谈到。忽然一个年轻女人在篱笆边叫唤贵生，声音又清又脆。贵生赶忙跑出去，一会儿又进来，抱了那堆八月瓜走了。

四爷眼睛尖，从门边一眼瞥见了那女的白首帕，大而乌光的发辫，问鸭毛："女人是谁？"鸭毛说："是桥头上卖杂货浦市人的女儿。内老板去年热天回娘家吃喜酒，在席面上害蛇钻心病死掉了，就只剩下这个小毛头，今年满十六岁，名叫金凤。其实真名字倒应当是'观音'！卖杂货的大约看中了贵生，又憨又强一个好帮手，将来承继他的家业。贵生倒还拿不定主意，等风向转。白等。"

四爷说："老五，你真是宣统皇帝，住在紫禁城傻吃傻喝，围子外什么都不知道。山清水秀的地方一定地贵人贤，为什么不……"

鸭毛搭口说:"算命的说女人八字重,克父母,压丈夫,所以人都不敢动她。贵生一定也怕克。……"正说到这里,贵生回来了,脸庞红红的,想说一句话可不知说什么好,只是搓手。

五爷说:"贵生,你怕什么?"

贵生先不明白这句话意思所指,茫然答应说:"我怕精怪。"

一句话引得大家笑将起来,贵生也笑了。

几人带了两只瘦黄狗,去荒山上赶兔子,半天毫无所得。晌午时又回转贵生家过午。五爷问长工今年桐子收多少,知道比往年好,就告给鸭毛,分五担桐子给贵生酬劳,和四爷骑了马回围子去了。回去本不必从溪口过身,四爷却出主张,要五爷同他绕点路,到桥头去看看。在桥头杂货铺买了些吃食东西,和那生意人闲谈了好一阵。也好好的看了金凤几眼,才转回围子。

回到围子里四爷又嘲笑五爷,以为"在围子里作皇帝,不知民间疾苦"。话有所指,五爷明白。

五爷说:"四爷你真是,说不得一个人还从狗嘴里抢肉吃。"

四爷在五爷肩头打了一掌说："老五，别说了，我若是你，我就不像你，把一块肥羊肉给狗吃。"

五爷只是笑，再不说话。一个人有一个人的分定，五爷欢喜玩牌，自己老以为输牌不输理，每次失败只是牌运差，并非工夫不高。五爷笑四爷见不得女人，城市里大鱼大肉吃厌了，注意野味。

这方面发生的事贵生自然全不知道。

贵生只知道今年多得了五担桐子，检荒还可得三四担，家里有八担桐子，一个冬天夜里够消磨了。

日月交替，屋前屋后狗尾巴草都白了头在风里摇。大路旁刺梨一球球黄得像金子，已退尽了涩味，由酸转甜。贵生上城卖了十多回草，且卖了几篮刺梨给官药铺，算算日子，已是小阳春的十月了。天气转暖了一点，溪边野桃树有开花的。杂货铺一到晚上，毛伙就地烧一个树根，火光熊熊，用意像在向邻近住户招手，欢迎到桥头来，大家向火谈天。在这时节畜牲草料都上了垛，谷粮收了仓，红薯也落了窖，正好大家休息休息的时候，所以日里晚上都有人在那里。晚上尤其热闹，因为间或还有告假回家的兵士和大兴场贩朱砂的客人，到杂货铺来述说省里新闻，天上地下说来无不令众人神往意移。

贵生到那里照例坐在火旁不大说话，一面听他们说话，一面间或瞟金凤一眼。眼光和金凤眼光相接时，血行就似乎快了许多。他也帮杜老板作点小事，也帮金凤作点小事。落了雨，铺子里他是唯一客人时，就默默的坐在火旁吸旱烟，听杜老板在美孚灯下打算盘滚账，点数余存的货物。贵生心中的算盘珠也扒来扒去，且数点自己的家私。他知道城里的油价好，十五斤油可换六斤棉花，两斤板盐。他今年有八担九担桐子，真是一注小财富！年底鱼呀肉呀全有了，就只差个人。有时候那老板把账结清了，无事可做，便从酒坛间找出一本红纸面的文明历书，来念那些附在历书下的酬世大全，命相神数。一排到金凤八字，必说金凤八字怪，斤两重，不是"夫人"就是"犯人"，克了娘不算过关，后来事情多。金凤听来只是抿着嘴笑。

或者正说起这类事，那杂货铺老板会突然发问："贵生，你想不想成家，你要讨老婆，我帮你忙。"

贵生瞅着向上的火焰说："你说真话假话？谁肯

嫁我！"

"你要就有人。"

"我不信。"

"谁相信天狗咬月亮？你尽管不信，到时天狗还是把月亮咬了，不由人不信。我和你说，山上竹雀要母雀，还自己唱歌去找。你得留点心！"

话把贵生引到路上来了，贵生心痒痒的，不知如何接口说下去。

毛伙间或多插一句嘴，金凤必接口说："贵生，你莫听癞子的话，他乱说。他说会装套捉狸子，捉水獭，在屋后边装好套，反把我猫儿捉住了。"金凤说的虽是毛伙，事实却在用毛伙的话岔开那杜掌柜提出的问题。

半夜后贵生晃着个火把走回家去，一面走一面想，"卖杂货的也在那里装套，捉女婿。"不由得不咕咕笑将起来。一个存心装套，一个甘心上套，事情看来也就简单。困难不在人事在人心。贵生和一切乡下人差不多，心上也有那么一点儿迷信。女的脸儿红中带白，眉毛长，眼角向上飞，是个"克"相；不克别人得克自己，到十八岁才过关！因这点迷信他退后了一步，杂货商人装的套不成功了。可是一切风总不会老向南吹。

　　一天落大雨，贵生留在家里搓了几条草绳子，扒开床下抠的桐子看看，色已变黑，就倒了半箩桐子剥，一面剥桐子一面却想他的心事。不知那一阵风吹换了方向，他想起事情有点儿险。金凤长大了，毛伙随时都可以变成金凤的人。此外在官路上来往卖猪的浦市人，上贵州省贩运黄牛收水银的辰州客人，都能言会说，又舍得花钱，在桥头过身，有个见花不采？闪不知把女人拐走了，那才真是"莫奈何！"人总是人，要有个靠背，事情办好大的小的就都有了靠背了。他想的自然简单一点，粗俗一点，但结论却得到了，就是热米打粑粑，一切得趁早，再担误不得。

　　他预备上城去同那舅舅商量商量。

　　贵生进城去找他的舅舅，恰好那大户人家正办席面请客，另外请得有大厨子掌锅，舅舅当了二把手，在门板上切腰花。他见舅舅事忙，就留在厨房帮同理葱剥毛豆。到了晚上，把席面撤下时，已经将近二更，吃了饭就睡了。第二天那家主人又要办什么婆婆粥，鱼呀肉呀煮了一锅，又忙了一整天，还是不便谈他的事情。第三天舅舅可累病了。贵生到测字摊去测字，为舅舅拈的是一个"爽"字，自己拈了一个"回"字。测字的说："人逢喜事精神爽，若问病，有喜事病就会好。又说回字喜字一半，吉字一半，可是言字也是一半。"要办的事赶早办好，迟了恐不成。他觉得话有道理。

回到舅舅身边时，就说他想成亲了，溪口那个卖杂货的女儿可以做他的媳妇。她帮他喂猪割草好，他帮她推磨打豆腐也好。只要他愿意，有一点钱就可以乘年底圆亲，多一个人吃饭，也多一个人补衣捏脚，有坏处，有好处，特来和舅舅商量商量。

那舅舅听说有这种好事，岂有不快乐道理，他连年积下了二十块钱，正拿不定主意，不知道把它预先买付棺木好，还是买几只小猪托人喂好。一听外甥有意接媳妇，且将和卖杂货的女儿成对，当然一下就决定了主意，把钱"投资"到这件事上来了。

"你接亲要钱用，我帮你一点钱。"厨子把存款全部从床脚下泥土里掏出来后，就放在贵生面前，"你要用，你拿去用，将来养了儿子，有一个算我的小孙子，逢年过节烧三百钱纸，就成了。"

贵生吃吃的说："我不要那么些钱，开铺子的不会收我财礼的！"

"怎么不要？他不要你总得要。说不得一个穷光棍打虎吃风，没有吃时把裤带紧紧。你一个人草里泥里都过得去，两个人可不成！人都有个面子，讨老婆就得养老婆，不能靠桥头杜老板，让人说你吃裙带饭。钱拿去用，舅舅的就是你的。"

两人商量好了，贵生上街去办货物。买了两丈官青布，三斤粉条，一个猪头。又买了些香烛纸张，一共花了将近五块钱。东西办好，贵生带了东西回溪口。

出城时碰到两个围子里的长工，挑了箩筐进城，贵生问他们赶忙进城有什么要紧事。

"五爷不知为什么心血来潮，派我们办货！好像接媳妇似的，一来就是一大堆！"

贵生说："五爷也真是五爷，人好手松，做什么事都不想想。"

"真是的，好些事都不想就做。"

"做好事就成佛，做坏事可教别人遭殃。"

长工见贵生办货不少，带笑说："贵生，你样子好像要还愿，莫非快要请我们吃喜酒了。"

　　另一个长工也说："贵生，你一定到城里发了洋财，买那么大一个猪头，会有十二斤罢。"

　　贵生知道两人是打趣他，半认真半说笑的回答道："不多不少一个猪头三斤半，正预备焖好请哥们喝一杯！"

　　分手时一个长工又说："贵生，我看你脸上气色好，一定有喜事不说，瞒我们。"

　　几句话把贵生说的心里轻轻松松的。

　　贵生到晚上下了决心去溪口桥头找杂货铺老板谈话，到那里才知道杜老板不在家，有事去了。问金凤父亲什么地方去了，什么时候回来，金凤神气淡淡的说不知道。转问那毛伙，毛伙说老板到围子里去了，不知什么事。贵生觉得情形有点怪，还以为也许两父女吵了嘴，老的走了，所以金凤不大高兴。他依然坐在那条矮凳上，用脚去拨那地炕的热灰，取旱烟管吸烟。

　　毛伙忽然失口说："贵生，金凤快要坐花轿了！"

　　贵生以为是提到他的事情，眼瞅着金凤说，"不是真事吧？"

金凤向毛伙盯了一眼："癞子，你胡言乱说，我缝你的嘴。"

毛伙萎了，向贵生憨笑着："当真缝了我的嘴，过几天要人吹唢哪可没人。"

贵生还以为金凤怕难为情，把话岔开说："金凤，我进城了，在我那舅舅处住了三天。"

金凤低着个头说，"城里好玩！"

"我去城里有事情。我……"他不知怎么说下去好，转口向毛伙，"围子里五爷又办货要请客人。"

"不止请客。……"

毛伙正想说下去，金凤却借故要毛伙去瞧瞧那鸭子栅门关好了没有。

贵生看风头不大对，话不接头。默默的吹了几筒烟，只好走了。

回到家里从屋后搬了一个树根，捞了一把草，堆地上烧起来，检了半箩桐子，在火边用小剜刀剥桐子。剥到深夜，总好像有东西咬他的心。

第二天正想到桥头去找杂货商人谈话，一个从围子里来的人告他说，围子里有酒吃，五爷纳宠，是桥头浦市人的女儿，看好了日子，今晚进门，要大家杀黑前去帮忙，抬轿子接人！听见这消息，贵生好像头上被一个人重重的打了一闷棍，呆的转不过气来。

那人走后他还不大相信，一口气跑到桥头杂货铺去，只见杜老板正在用红纸封赏号。

那杂货铺商人一眼见是贵生，笑迷迷的说："贵生，你到什么地方去了？好几天不见你，我们还以为你当兵去了。"

贵生心想："我真要当兵去。"

杂货铺商人又说："你进城看戏了罢。"

贵生站在外边大路上结结巴巴的说："大老板，大老板，听人说你家有喜事，是真的罢。"

杜老板举起那些小包封说："你看这个。"

贵生听桥下有人捶衣，知道金凤在桥下洗衣，就走近桥栏杆边去，看见金凤头上孝已撤除，一条乌光辫子上簪了一朵小小红花，正低头捶衣。贵生知道一切都是真的，自己的事情已吹了，完了，一切完了，再说不出话，对那老板看了一眼，拔脚走了。

晚半天，贵生依然到围子里去。

贵生到围子里时，见五老爷穿了件蓝缎子夹马褂，正在院子里督促工人扎喜轿，神气异常高兴。五爷一见贵生就说："贵生，你来了，吃了没有？厨房里去喝酒罢。"又说："你生庚属什么？属龙晚上帮我抬轿子，过溪口桥头上去接人。属虎属猫就不用去，到时避一避！"

贵生呆呆怯怯的说，"我属虎，八月十五寅时生，犯双虎。"说后依然如平常无话可说时那么笑着，手脚无放处，看五爷分派人作事，扎轿杆的不当行，走过去帮了一手忙。到后五爷又问他喝了没有，他不作声。鸭毛伯伯换了一件新毛蓝布短衣，跑出来看轿子，见到贵生，拉着他向厨房走。

厨房里有五六个长工坐在火旁矮板凳上喝酒，一面喝一面说笑。因为都是派定过溪口上接亲的人，其中有个吹唢哪的，脸喝得红都都的，说："杜老板平时为人慷慨大方，到那里时一定请我们吃城里带来的嘉湖细点，还有包封。"

另一个长工说："我还欠他二百钱，怕见他。"

鸭毛伯伯接口打趣他："欠的账那当然免了，你抬轿子小心点就成了。"

一个毛胡子长工说:"你们抬轿子,看她哭多远,过了大青树还像猫儿那么哭,要她莫哭了,就和她说,大姐,你再哭,我抬你回去! 她一定不敢再哭。"

"她还是哭你怎么样?"

"我当真抬她回去。"

"将来怎么办?"

"又当真抬进寨里,可是不许她哭,要她哈哈大笑! "

所有人都哄然大笑起来。

吹唢呐的会说笑话,随即说了一个新娘子三天回门的粗糙笑话,装成女子的声音向母亲诉苦:"娘,娘,我以为嫁过去只是伏侍公婆,承宗接祖,你那想到小伙子人小心子坏,夜里不许我撒尿! "大家更大笑不止。

贵生不作声,咬着下唇,把手指骨捏了又捏,看定那红脸长鼻子,心想打那家伙一拳。不过手伸出去时却端了土碗,咽嘟嘟喝了半碗烧酒。

几个长工打赌,有的以为金凤今天不会哭。有的又说会哭,还说看那一双水汪汪的眼睛就是会哭的相。正乱着,院中另外那几个扎轿子的也来到厨房,人一多话更乱了。

贵生见人多话多，独自走到仓库边小屋子里去。见有只草鞋还未完工，坐下来搓草编草鞋玩。心里实在有点儿乱，不知道怎么好。身边还有十六块钱，紧紧的压在腰板上。他无头无绪想起一些事情。三斤粉条，两丈官青布，一个猪头，有什么用？五斛桐子送到姚家油坊去打油，外国人大船大炮到海里打大仗，要的是桐油。卖纸客人做眉弄眼，易求无价宝，难得有情郎。四老爷一个月玩八个辫子货，还说妇人身上白得像灰面，无一点意思。……

看看天已快夜了。

院子里人声嘈杂，吹唢哪的大约已经喝个六分醉，把唢哪从厨房吹起，一直吹到外边大院子里去。且听人喊燃火把放炮动身，两面铜锣镗镗的响着，好像在说，我们走，我们走，我们快走！不一会儿，一队人马果然就出了围子向南走去了。去了许久还可听到一点唢哪呜咽声音。贵生过厨房去看看，只见几个女的正在预备汤果，鸭毛伯伯见贵生就说："贵生，我还以为你也去了。帮我个忙挑几担水罢。等会儿还要水用。"

贵生担起水桶一声不响走出去。院子里烧了几堆油柴，正屋里还点了蜡烛，挂了块红。住在围子里的佃户人家妇女小孩都站在院子里，等新人来看热闹。贵生挑水走捷径必从大门出进，却宁愿绕路，从后门走。到井边挑了七担水，看看水平了缸，才歇手过灶边去烘草鞋。

阴阳生排八字女的属鼠，宜天断黑后进门，为免得与家中人不合，凡家中命分上属大猫小猫到轿子进门时都得躲开。鸭毛伯伯本来应当去打发轿子接人的。既得回避，因此估计新人快要进围子时，就邀贵生往后面竹园子去看白菜萝卜，一面走一面谈话。

"贵生，一切真有个命定，勉强不来。看相的说邓通是饿死的相，皇帝不服气，送他一座铜山，让他自己造钱，到后还是饿死。城里王财主，挑担子卖饺饵营生，气运来了，住身在那个小庙里，落了半个月长雨，墙脚淘空了，墙倒坍了，两夫妇差点儿压死，两人从泥灰里爬出来一看，原来墙里有两坛银子。从此就起了家。……不是命是什么。桥头上那杂货铺小丫头，谁料到会作我们围子里的人？五爷是读书人，懂科学，平时什么都不相信，除了洋鬼子看病，照什么'挨挨试试'光，此外都不相信。上次进城一输又是两千，被四爷把心说活了。四爷说，五爷，你玩不得了，手气瘟，再玩还是输。找个'原汤货'来冲一冲运气看，保准好。城里那些毛母鸡，谁不知道用猪肠子灌鸡血，到时假充黄花女。横到长的眼睛只见钱，竖到长的眼睛只作伪，有什么用。乡下有的是人，你想想看。五爷认真了，凑巧就看上了那杂货铺女儿，一说就成，不是命是什么。"

贵生一脚踹到一个烂笋瓜上头，滑了一下，轻轻的骂自己："鬼打岔，眼睛不认货！"

鸭毛伯伯以为话是骂杜老板女儿，就说："这倒是认货不认人！"

鸭毛伯伯接着又说："贵生，说真话，我看杂货铺杜老板和那丫头，先前对你倒很注意，旁观者清，当局者迷，你还不明白。其实只要你好意思亲口提一声，天大的事定了。天上野鸭子各处飞，捞到手的就是菜，先下手的为强，后下手的遭殃，你不先下手，怪不得人！"

贵生说："鸭毛伯伯，你说的是笑话。"

鸭毛伯伯说："不是笑话！一切是命，十天以前，我相信那小丫头还只打量你同她俩在桥头推磨打豆腐！"

说的当真不是笑话，不过说到这里，为了人事无常，鸭毛伯伯却不由得不笑起来了。

两人正向竹园坎上走去，上了坎，远远的已听到唢哪呜呜咽咽的声音，且听到炮竹声，就知道新人的轿子来了。围子里也骤然显得热闹起来。火炬都燃点了，人声杂遝。一些应当避开的长工，都说说笑笑跑到后面竹园来，有的还毛猴一般爬到大南竹上去眺望，看人马进了围子没有。

唢哪越来越近，院子里人声杂乱起来了，大家知道花轿已进营盘大门，一些人先虽怕冲犯，这时也顾不及了，都赶过去看热闹。

三大炮放过后，唢哪吹"天地交泰"，拜天地祖宗，行见面礼，一会儿唢哪吹完了，火把陆续熄了，鸭毛伯伯知道人已进门，事已完毕，拉了贵生回厨房去，一面告那些拿火把的人小心火烛。厨房里许多人都在解包封，数红纸包封里的赏钱，争着倒热水到木盆里洗脚，一面说起先前一时过溪口接人，杜老板发亲时如何慌张的笑话。且说杜老板和癫子一定都醉倒了，免得想起女儿今晚上挨痛事情难受。鸭毛伯伯重新给年青人倒酒，把桌面摆好，十几个年青长工坐定时，才发现贵生已溜了。

　　半夜里，五爷正在雕花板床上细麻布帐子里拥了新人做梦，忽然围子里所有的狗都狂叫起来。鸭毛伯伯起身一看，天角一片红，远处起了火。估计方向远近，当在溪口边上。一会儿有人急忙跑到围子里来报信，才知道桥头杂货铺烧了，同时贵生房子也走水烧了。一把火两处烧，十分蹊跷，详细情形一点不明白。

　　鸭毛伯伯匆匆忙忙跑去看火，先到桥头，火正壮旺，桥边大青树也着了火，人只能站在远处看。杜老板和癞子是在火里还是走开了，一时不能明白。于是又赶过贵生处去，到火场近边时，见有好些人围着看火，谁也不见贵生，烧死了还是走了说不清楚，鸭毛伯伯用一根长竹子向火里捣了一阵，鼻子尽嗅着，人在火里不在火里还是弄不出所以然。他心中明白这件事，知道火是怎么起的，一定有个原因。转围子时，半路上碰着五爷和那新姨。五爷说："人烧坏了吗？"

　　鸭毛伯伯结结巴巴的说："这是命，五爷，这是命。"回头见金凤正哭着，心中却说："丫头，一索子吊死了罢，哭什么？"

几人依然向起火处跑去。

二十六年[1] 三月作五月改作——北平

廿九年[2] 三月廿二校改。

时大风发木，猛雨打窗。

两处"癫子"都被校对人擅改作"鸭毛"。

1　二十六年，即一九三七年。——编者注

2　二十九年，即一九四〇年。——编者注

沈从文著作集（全13册）

沈从文自认最满意的作品合集
尘封70余年的"作者改订本"完整再现

《边城》

奠定沈从文文学大师地位的经典小说

书号：978-7-5455-5930-9

定价：30.00元

《湘西》

沈从文为故乡湘西书写的传记

书号：978-7-5455-6055-8

定价：26.00元

《湘行散记》

沈从文同时写给爱人和故乡湘西的情书

书号：978-7-5455-5943-9

定价：30.00元

《长河》

极写平凡人物生活中的"常"与"变"

书号：978-7-5455-6142-5

定价：38.00 元

《从文自传》

记录一代文学大师的野蛮生长

书号：978-7-5455-6163-0

定价：32.00 元

《春》

沈从文描绘淳朴民风以及上流社会腐朽生活的篇章

书号：978-7-5455-6010-7

定价：26.00 元

《春灯集》

沈从文深刻描写人性的小说代表作

书号：978-7-5455-6013-8

定价：34.00 元

《阿金》

以平和笔墨书写的沉重故事

书号：978-7-5455-5929-3

定价：26.00 元